标本师

夏商

夏商小说系列

华东师范大学出版社

图书在版编目（CIP）数据

标本师 / 夏商著. -- 上海 ：华东师范大学出版社,
2018
（夏商小说系列）
ISBN 978-7-5675-7492-2

Ⅰ. ①标… Ⅱ. ①夏… Ⅲ. ①长篇小说－中国－当代
Ⅳ. ①I247.5

中国版本图书馆 CIP 数据核字(2018)第 057495 号

标本师

著　　者　夏　商
策划编辑　王　焰
责任编辑　朱妙津
责任校对　王丽平
装帧设计　夏艺堂艺术设计＋夏周

出版发行　华东师范大学出版社
社　　址　上海市中山北路 3663 号　邮编 200062
网　　址　www.ecnupress.com.cn
电　　话　021－60821666　行政传真 021－62572105
客服电话　021－62865537　门市(邮购)电话 021－62869887
地　　址　上海市中山北路 3663 号华东师范大学校内先锋路口
网　　店　http://hdsdcbs.tmall.com/

印 刷 者　上海中华商务联合印刷有限公司
开　　本　889×1194　32 开
印　　张　7.375
插　　页　4
字　　数　147 千字
版　　次　2018 年 4 月第 1 版
印　　次　2018 年 4 月第 1 次
书　　号　ISBN 978－7－5675－7492－2/I·1860
定　　价　38.00 元

出 版 人　王　焰

序

出版文集至少有三个作用，一个是归纳较为满意的作品，一个是带有定稿本性质，再一个就是作家的虚荣心。

在严肃文学式微的时代，写作作为一种多余的才华，连同被虚掷的光阴，是无中生有的幻象。有时候，我甚至不认为写小说是一种才华，至多是无用的才华。虚荣心是支撑作家信念最重要的一根拐杖，而这种虚荣心，其实也是自我蒙蔽，写作只是著书者的自欺欺人，它是件私密事，和所有人无关，小说首先是小说家的，其次才是读者的，小说里的故事和现实中的故事最终皆会烟消云散，小说家虚荣的逻辑在于，假装写作是有意义的。

上世纪八十年代末初学写作，转眼三十年，用坊间谐谑的话讲，小鲜肉变成了油腻男。过完半生太快了，再过三十年，说不定就过完了一生。写作这件事，是我延续最久的行为，即便有创作停滞的阶段，对文学还是初恋般凝望，怕与之隔膜太久，断了音讯。

即便如此，写出满意的小说更多时候是一厢情愿，无论满不满意，文字终究慢慢攒起，发表、出版、修订乃至推倒重写，宛如跟自己的长跑，一直掉队，一直掉队，最后败给自己。

小说出版后的命运和作者基本无关，仿佛风筝飘远，作者手里没有线辘——书籍永远在寻找读者，而作家只有一张书桌。

2009年，由上海锦绣文章出版社出版了第一套文集“夏商自选集”，四卷本，作为不惑之年的礼物。

这次由华东师范大学出版社刊行的是第二套文集，在此之前，在该社先后出版过讲谈集《回到废话现场》和修订版《东岸纪事》，彼此建立了信任和友谊，尤其是王焰社长对拙著《东岸纪事》不遗余力的推荐，让这部小说获得了更多知音，始终铭记在心。

之所以用“夏商小说系列”，依然没有用“夏商文集”，理由很简单，希望在更老一些，完全写不动时再冠以这个更具仪式感的名称。

“夏商小说系列”包含长篇小说四种五卷，中篇小说集及短篇小说集各两卷，共八种九卷。比2009年版容量大一些，年纪也增了近十岁，大致是送给知天命之年的礼物了。

借此机会，对作品进行了全面修订，写作之余也喜涂鸦，用毛笔字题签了封面书名。装帧是请留学海外读设计的夏周做的，是我喜欢的极简风格。

再次感谢华东师范大学出版社，感谢这套书的策划编辑王焰社长，感谢责任编辑朱妙津女士。编辑隐身于幕后，作者闪耀于前台，美德总是低调的，而虚荣心总是趾高气昂。

2018年1月18日于苏州河畔寓中

放好行李箱，靠在栏杆上抽烟，一旁的婕婕抱着玩具熊，脸在熊鼻子上磨蹭，把鼻尖拱成猪八戒状，咯咯咯笑。上小学二年级了，还喜欢各种长毛绒玩具，熊猫、斑点狗、企鹅、黑猩猩，丢在床铺或写字桌上，睡觉时搂着，做功课时摸一摸。按心理学说法，孩子依赖玩具，表面看是童心，深层原因是缺乏安全感。她靠一点过来，细密浓黑的发丝，和她妈妈一样。

那人在舷梯口出现时，给我留下的印象是有点憔悴，眼圈发黑，明显缺觉。套一件皱巴巴的灰色格子T恤，斜挎一只帆布包：草绿色脏成了枯草色，红布缝成的镰刀斧头早已残破，包角处磨损出碎絮，刚从垃圾堆捡来似的。

金堡岛属于本市飞地，一座县建制的死火山岛，距母城约270海里，一早从联草集码头上船，次日午时抵达目的地。今天这班船是“友谊号”，一等舱双人大床，设施齐全带电视。三、四等舱少则四人，多则十几人同宿，统舱更是又脏又闹的难民营。考虑下来，二等舱最适合，有卫生间和衣柜，两张单人床。

抽完烟，屈起手指将烟头弹进洗笔江，却见从舷梯口消失的那人推着轮椅再次出现，轮椅上是个年轻女人，垂肩乌发遮住了大半边脸。一股奇异的淡香弥漫在空气里，好闻得禁不住要深呼吸。

“友谊号”共四间二等舱，分为B1、B2、B3、B4室，我住B3室。房间不大，七八个平方，本以为两张单人床是并排，却是上下铺。刚才进屋放行李，就抱怨客轮公司抠门，二等舱票价那么贵，却如此逼仄，还有股难闻的尿臊味。

坐下不久，听到敲门声。

“谁呀?”婕婕问道。

环形锁旋动，扩大的门隙中露出一张脸，正是那年轻人。

“我是隔壁B2室的，请问你们有肥皂么?”

“卫生间不是有肥皂么?”我说。

“只有一小块香皂，我不用香皂，只用碱皂。”

“抱歉，没碱皂。”

“噢，那对不起。”那人捎上了门。

“婕婕去把门关一下，好像没锁上。”我说。

“那你以后不能再乱扔烟头了。”婕婕去关门，却被外力推开，那张脸再次出现。

“你干嘛，差点撞破了我的头。”婕婕嚷道。

“对不起，请问看到我的包了么?”此刻，客轮响起了汽笛声。

“是那只很旧的帆布包么?”我说。

“是啊是啊，你捡到了?”他急促道。

“刚才在甲板上见你背着，那么破的包没人会偷的，回房间再找找。”

“找过了，记得放在衣橱里，眨眼就不见了。”那人的脸在门隙中渐渐缩小。

客轮以20海里的时速一路向南，此行是送婕婕去金堡父母家。我平时上班，没时间照顾她。去年她开始念书，寒暑假就送到爷爷奶奶那儿，住到开学前夕。

“友谊号”由江入海，风平浪静，开得很平稳。一早起来有点乏困，婕婕爬到上铺，搂着玩具熊睡起了回笼觉。我在下铺，将被子和枕头垒起来，靠着发呆。人一无聊就容易犯烟瘾，去甲板上抽烟，正巧那人也在，问他是否找到了帆布包。他摇摇头。过了一会儿，我们各自回房间。经过B2室，看见轮椅上的女人，似乎睡着了，睫毛盖住了眼睑，她的美貌甚至让我愣了一下。

靠着被枕，昏昏沉沉中睡去，直到被一只无形的巨手摇醒。

客轮在浪尖上颠簸，胃来到嘴里，必须双唇闭紧，不让它掉出体外，硬吞回去的滋味真不好受。我敢打赌，比死好不到哪儿去，可毕竟是临时的痛苦，想到岸上的好日子，忍受就显得很有必要，这就像人生。

客轮如同浪涛里的木盆，胃终于从嘴巴里掉出来，变成一摊秽物。耳膜里除了此起彼伏的呻吟，就是各种物品磕碰的撞击声。睡在上铺的婕婕哼了几声，没呕吐也没哭叫，孩子的脑垂体没完全发育好，对外界的反应跟成人是不同的，看到的世界也是迥异的，民间有孩子通灵的说法，据说可以看到奇异的景象。

不知过了多久，风浪宽恕了这条船。我去叫乘务员收拾房间，乘务员拿了笤帚过来，将畚箕里的煤灰倒在呕吐物上，抱怨道："今天见鬼了，这么大的风浪。"

"海上有风浪不是很正常么。"我有气无力道。

"这里是近海，这么大的风浪一年遇不到几次，可能是龙路过了。"

"叔叔，真的有龙么，你见到过?"婕婕的两条腿从上铺挂下来。

"见过啊，几海里长，见首不见尾，威风极了。"乘务员说。

"为什么我爸爸晕船那么厉害，你看上去一点事都没有?"婕婕的好奇心总是无处不在。

"陆地上的人会晕船，船上待惯的人也会晕陆。"乘务员将糅合了秽物的煤灰扫进畚箕，出去了。

经过一夜航行，次日中午，客轮抵达金堡岛码头，我在卫生间梳理睡瘪的头发，忽听婕婕叫我："爸爸，你看。"

走过去，见她站在衣柜前，指着一只破旧的帆布包。

"有可能是走错房间了，二等舱都长得差不多。"我说。

提着帆布包去敲 B2 室的门，没人应答，又敲两下，那个打扫呕吐物的乘务员刚好经过，说："这间的客人已经走了。”

父女俩趴着栏杆张望，岸上的乘客正陆续散去，百米之外，看见了那个推轮椅的背影。

“喂，叔叔，你的包。”婕婕大声呼叫。

那人没回头，喧闹的码头是天然集市，卖日杂的、卖海鲜的、卖瓜果的小贩竞相吆喝，婕婕的呼喊被掩盖了。

返回B3室，取了行李箱，快步下船。等到了岸上，环顾四周，不见那人踪迹，不知拐进哪条巷子去了。

“怎么办?”婕婕看着我说。

“先看下有什么东西吧。”

把包打开，一本很厚的蓝皮本，一支圆珠笔，再摸，没东西了。

拿起蓝皮本，粗翻一下，是一本日记。

“幸好不是贵重物品，等爸爸回城，去报社登一条失物招领启事。”我把日记和圆珠笔塞进帆布包，放进了行李箱。

父母家在县城东隅，退休前他们都是中学老师，父亲教美术，母亲教语文，还担任过县二中副校长。双教师家庭，又是独子，学业被盯得很紧。按成绩，考上城里的名牌大学不成问题，但自幼跟着父亲学绘画，我还是报考了美院，大学毕业后分配在市油雕院，住了几年职工宿舍，办了一次个展，拿了几个小奖，分了一套小两室，结束和女友的爱情长跑，娶妻生女。公务、创作、家事缠身，只有逢年过节才回来探亲。

家里保留了我那间小卧室，牙齿快掉完的奶奶，也就是婕婕的太奶奶，用漏风的声音对我说：“就是十年回一次家，也得给你留着，这是你的根。”

婕婕见了爷爷奶奶，瞬间就不怎么理我了。俗话说“隔代亲”，祖辈对孙辈总是没原则的纵容，等寒暑假结束，我就得给她立规矩，剥掉被惯出来的骄娇二气。她喜欢爷爷奶奶，和太奶奶却不太亲近，私下对我说：“太奶奶太旧了，身上的味道我不喜欢。”

在父母家住了一宿，赶第二天早上的客轮回城，这一班是“胜利号”，还是订了二等舱。上船时我特意四处留意，希望能遇到那个推轮椅的年轻人，好将帆布包完璧归赵，但他没有出现。

客轮启程，躺在下铺，依然将被子和枕头垒起来，靠着发呆。为打发无聊，下床取出那本蓝皮日记，第一行字是：

1994年3月20日　星期天

然后我看见一个青年男子骑着自行车，行驶在去往郊区的公路上——

惊蛰一过，渐渐暖和起来。今天温度适中，清风徐徐，适于郊外垂钓。前几天去渔具店买了新鱼竿，原来那根用了多年，因金属疲劳折断了。

快有半年没去阴阳浦了，起个大早，将鱼竿和抽拉式鱼兜塞进长帆布袋里，这是让楼下裁缝铺定制的，有可伸缩的背带（骑车时斜挎在后背），书包架一侧用来挂网格小筐，放入小桶、折叠凳、小铲、军用水壶，以及垫饥的馒头。

天蒙蒙亮出门，八点不到骑到了阳桥。阴阳浦有很多胡乱分岔的河泾，汇总到东欧阳村之侧的洗笔江。有阳桥就有阴桥，两者相距不过三百米，站在此桥能看见彼桥，造型是水乡常见的拱形，区别在于阳桥是石桥，阴桥是木桥。当地人习惯进村走阳桥，出村走阴桥。看见村民从阳桥方向过来，就招呼道，回来啦？往阴桥方向去，就招呼道，出门办事呀？

平时去的垂钓点处于两桥之间，无名河边的土路只有半人宽，坑坑洼洼的，常被灌溉庄稼用的小水沟断开，没法骑车只好推行。来到一处河坡，将自行车拴在野樟或斜柳上。乡村的诗意无处不在，屋顶的炊烟们飘上鹅蛋色的澄明天空，对岸春色烂漫，鹿角状的桠杈，旺盛的野花铺满绿堤，拍婚纱照的情侣摆出各种姿势，采风的摄影师到处出没。

我很少用花鸟市场买的鱼饵，喜欢就地挖蚯蚓做饵，雨后的河岸随处可见蚯蚓屎，蚯蚓吃土，屎和土一个颜色：一小坨盘成塔尖状，堆在蚯蚓洞附近。用小铲轻轻一挖，就是一条。斩成两段，穿在鱼钩上，新鲜的蚯蚓在水里扭动，截断处漫出血腥气，蛊惑贪嘴的鱼。

坐在折叠凳上，拿着鱼竿，往周遭望斜眼。狗尾巴草长得痴狂，夹杂其间的叫不出名字的蕨类也不甘示弱。一只大白鹅领着几只灰鸭，悠闲地浮在水面上。河水虽不能说一览无遗，仍算得上清澈。颜色我形容不来，像是嫩绿，也像是淡青。河里鱼多，每次来都能丰收而归。记得年前曾钓到一条五十三斤重的鳡鱼，是个人垂钓史上的重大收获。没舍得吃，制成标本，至今还在座架上以凝固的姿态游弋呢。

制作鱼类标本比哺乳动物难，鱼皮薄，易掉鳞，完全是慢工出细活。不是每个标本师都能做出完美的鱼标本，我是名师亲授，虽比不上师傅，不过在这一行，也算高手。标本制作是冷僻行业，没有新秀选拔之类的竞技比赛，要不然我肯定能入三甲。师傅曾告诫我，虽然我天资不错，可手艺活都是靠祖师爷传承吃饭，除了少数特别开窍的后人能有所创新，绝大部分唯手熟耳，没什么值得骄傲的。

师傅姓苟，却让我叫他“敬师傅”。他说苟姓有多个出处，念“句”音，也念“勾”音，恶作剧者会故意念成“狗”音。他家这一支出自敬姓，五代十国时，为避晋高祖石敬瑭讳，将敬姓一拆为二，一支姓苟，一支姓文。所以说，苟姓、文姓、敬姓很可能是一个祖宗。

既然他要求，我就叫他敬师傅。

敬师傅是标本世家出身，祖父是晚清山野猎人，姑且叫敬老祖吧。敬老祖是个聪明的猎人，狩猎之余，爱琢磨动物标本。当然，他那时并不知道标本这个说法，起个名称叫“假壳”。假壳这词造得很聪明，我认为比“标本”一词更能准确概括其本质。敬老祖开始只做些兔子、黄鼠狼、狸猫这样的小动物，有一年家里盖房，做了只成年母豹放在新屋前，类似于大户人家的镇宅石狮，说是用来辟邪。

敬老祖的“假壳”在村镇间渐有薄名，一个叫古斯塔夫的黄发蓝睛洋人慕名找来。这位瑞典动物学家通过随身翻译告诉敬老祖，来到中国是为了采集标本，需要像他这样有标本制作经验的猎人当助手。敬老祖这才知道“假壳”的学名叫标本。古斯塔夫给出的报酬让敬老祖怦然心动，说真的，猎户靠捕杀鸟兽去集市换些银两补贴家用，一个寒暑下来所剩无几，所以当古斯塔夫用手指比画出每月四块银元时，敬老祖吃惊地张大了嘴巴。头转向翻译，翻译颔首表示确认。对老百姓而言，一年四十八块银元无疑是巨款，敬老祖当然没理由拒绝。

翻译告诉敬老祖，古斯塔夫先生是瑞典国王的堂弟，相当于中国的王爷。敬老祖诧异得直咧嘴，为什么不待在宫里享福，跑到穷乡僻壤收集臭牲口？翻译说，古斯塔夫先生对政治没兴趣，从小跟着大人在皇家猎场狩猎，对动物日益着迷。敬老祖还是不理解，搞动物标本有什么意思嘛。翻译说，古斯塔夫先生大学念的专业是动物分类，这是动物学的基础，没有标本就无法研究和教学。敬老祖还是懵懂，也不多问，对他而言，真金白银更重要。

古斯塔夫给敬老祖带来了优渥的收入，也带来了先进的标本制作技术。学习和探索是双向的，敬老祖之前做的“假壳”虽工艺粗糙，制作原理却和欧洲差不多，他自己琢磨出来的一些土办法，帮助古斯塔夫解决了一些难题，古斯塔夫常夸敬老祖心灵手巧。

为保证野生动物皮张的完整，古斯塔夫希望少用弓箭和猎枪——敬老祖本有两支土铳，射中目标后创口较大，古斯塔夫想办法给他弄来了一支英制小口径猎枪——而更多使用陷阱、网具和笼具。三年多时间，古斯塔夫带着敬老祖走遍深山野川，将数百件珍贵标本陆续运往瑞典某大学标本馆。据说直到今天，出自古斯塔夫和敬老祖之手的标本还是该馆珍藏，其中有些动物已在地球上绝迹了。

古斯塔夫返回瑞典前，将敬老祖介绍给中国同行严宽教授，严宽安排敬老祖在生物系担任动物制作技师。严宽教授和古斯塔夫研究方向不同，专攻禽类。敬老祖有四子二女，长子与三子随父亲学艺，跟着严宽教授跑遍千山万水，猎鸟无数，帮助他完成了重要的《中华禽鸟分类图集》，收录了一千多种有标本实物的鸟类。

长子和三子后来也成为标本名家。到了第三代，也就是敬师傅这一辈，敬家已有十几位标本技师分布在各地高校、动物园和自然博物馆。敬师傅终生未娶，虽有几个助手，正式拜师的入室弟子却只有我一个，之所以对我尤为器重，是因为他和我的教授父亲（他正式职称是高级研究员，喜欢人家叫他欧阳教授）是多年合作搭档，把我当世侄看。敬师傅在自然博物馆干了半辈子，直到患病后神秘失踪。

所以，命运有时就是一场歪打正着，如果敬老祖和其他猎人一样，光知道狩猎喝酒睡大觉，不去做什么“假壳”，就不会招来古斯塔夫，也不可能把儿孙带出深山，来到城市，成为体面的手艺人，从而彻底改变了家族的命运。

我抛出了鱼线，估摸有二十分钟，钓到了今天的第一条鱼，一尾四两左右的鲤鱼。我将它扔进草丛，它气极了，乱蹦一气，让我想起跳龙门的寓言。如果鱼不是哑巴的话，我相信它就要出口伤人了。没过多久，它屈服于草茎与落叶之间，嘴巴一张一合，将它扔进蓄着河水的水桶，一甩尾巴，活了过来。

河面有不断滋生的涟漪，来自水流自身的波动，一圈又一圈。

河岸那边距我约十步之遥，一女子推着轮椅往土路走去。轮椅上坐着个男的，手握收拢的鱼竿，正视前方，对周遭置若罔闻。那女子侧脸朝我瞥一眼，我一激灵，心里叫道，这不是苏紫么？刹那间，巨大的水声从耳中升起，水雾四溅将我吞没。每当这种幻听响起，就会伴随一种生不如死的幻灭感。耳蜗里的水声并非与生俱来，它源自那个阴霾的黄昏，源自日落时支离破碎的尖叫。一种充满疼痛的恐惧，转化为灵魂的一部分——平时它就像一个密封的囊肿，与血液一起游动，当抵达耳朵深处，便突然炸开，魂飞魄散。

无论身高还是轮廓，猛一看她和苏紫确实很像，细看还是有所不同，却属一个类型。美的本质究竟是形状还是物质，这是我常思考的问题，譬如奔腾的骏马身姿优雅，此刻的美是一种形状，死后制成标本，动作被凝固在永恒的瞬间，仍然是美，却是一种物质化的美。当然，这种区分是以唯美论为基础的，并非标准答案。

她扎着马尾，烟灰色过膝长裙，套一件灯芯绒收腰夹克。我感觉她不属于这里，虽然城乡差异日益缩小，但市区姑娘和村姑毕竟不一样，这种差异有时细微到蛛丝马迹。眼前的她，就是一个城市的女儿。诚然，走在市中心大街上，这种气质的姑娘并不鲜见，她们有很高的回头率，马上又会被忘得一干二净。可在寂寥的乡间，被芦苇、野草和杂树烘托着，她的美被放大了很多倍。

她拐个弯，往东欧阳村方向走去。修长的背影如此熟悉，连走路的步姿都那么神似，水声在耳朵里越来越大，强烈的恍惚感令我脑袋炸裂开来。

3月27日　星期天

再次来到那条无名河，今天来此处，有比钓鱼更重要的目的：守候那姑娘。能否见到她，我并无把握。过去一个星期，脑海常浮现她的身影，导致分神，将参茸药店委托加工的一只梅花鹿差点弄砸了。她就像遗落在乡间的另一个苏紫，来历不明，一如世事中的所有过客，每个人都像幻影，看上去那么真实，又那么缥缈。

阴阳浦虽说是郊区的一个村镇，其实就在市区接壤处。

从住处出发，沿着国道旁的乡间公路，骑车一个多小时就能抵达。我喜欢上垂钓，是因为敬师傅。随着动物保护政策出台，合法的野生动物皮张来源越来越少，敬师傅除了仿制他的古代防腐剂，业余喜欢上了钓鱼，原先守在市区小河边，收成不好，几乎见不到大鱼。某个周末，我带他来到阴阳浦，这里河汊纵横，鱼又多又肥。

后来就常陪他来，师徒俩度过安静的一天，向晚时分，慢慢骑回市区。

之所以喜欢上标本，是因为小学四年级的那个下午。那天放学早，去父亲办公室，他不在，同事说去标本工场了。那里一般不对外人开放，但父亲在馆里很受尊敬，我又是小孩，同事就网开一面，将位置指给我看。我顺着指引走到后院，很远就闻到腐尸和消毒剂混合的异味，未经处理的鸟兽尸体散落在水门汀上，更多标本成品被摆放在架子上，我被这些漂亮的标本吸引住了。

敬师傅正和父亲说话，见我进来，冒出一句："这孩子长得越来越机灵了，给我当干儿子吧。"父亲冲着我笑，说："快来磕头拜干爹。"我不知他们是真是假，站在那儿发呆。敬师傅板着脸问我："不愿意啊？"

我朝那些标本扫一眼："教我做标本，就管你叫干爹。"

敬师傅道："要学标本？我没问题，怕你爸不乐意。"

父亲笑道："随他，他要喜欢，你收他为徒我没意见。"

多年后我才明白，父亲当时说的并不是真心话，他以为小孩一时心血来潮，乐得顺水推舟，不驳敬师傅面子。当我考上科技大学生物系，毕业后将标本师作为职业时，他显得很不高兴，却为时已晚。

我向敬师傅正式拜过师，不过没叫过他干爹，他倒是把我当干儿子看。必须承认，起初我只是对标本制作好奇，慢慢真喜欢上了这门技艺。让一具没有生命的躯壳“复活”，感觉自己有点像造物主。唯一的瑕疵是，动物尸体的味道实在难闻，手上的异味很难祛除，碱皂伤皮肤，却比香皂容易祛味，后来养成习惯，不怎么用香皂了。

只要一有空，我就往标本工场跑。敬师傅手把手教我，直到我大学毕业进了自然博物馆，正式成为他助手。

进自然博物馆是自己投的简历，在这之前，要不要和父亲在同一单位工作颇令我纠结。后来想通了，既不是走后门，也不在一个部门，没什么可避讳的。简历寄出不久，面试通知书就来了，我属于那种品学兼优的大学生，生物学专业又对口。跟敬师傅学艺多年，业余完成了不少标本作品，已是合格的标本制作师。说实在的，自然博物馆之前没本科学历的标本师，大学生不会考虑做这个，说好听点是技师，其实和技术工人差不多，就像八级钳工虽然级别高，但归根结底还是工人序列。通常来说，大学生毕业进入自然博物馆这样的半科研机构，要么从事行政，当干部走仕途，要么搞研究，像父亲那样，从助理研究员到副研究员，直到成为教授级高级研究员。研究人员也和动物尸体接触，有时也要解剖，可那属于学术范畴，和标本师性质迥然不同。

在河边待到下午三点多，没看见她走来。因为注意力不在鱼竿上，没能钓到一条鱼。这是预料中的情况，守株待兔，本就渺茫。遂收起鱼竿，去东欧阳村寻访。

这个很小的自然村，紧挨着宽阔的洗笔江，还是当年模样，有些民居翻新了，整体给人的感觉反倒更衰败了。村子不过十来户人家，房子是老式带瓦楞的那种，有两口井，也有公用自来水。有户人家窗户换成了刚开始流行的铝合金，玻璃上贴着大红“囍”字。野鸟们不时掠过屋顶，在屋脊或户外电视天线上短暂降落。标本师算得上半个动物学家，我可以轻易叫出它们的名字：翠鸟、江鸥、杜鹃，还有一只停在更远的榆树上，穿着一身黑衣服，看不清是喜鹊还是乌鸦。

推着自行车在村里转悠，下象棋的老头，剪螺蛳的村妇，跟狗说话的庄稼汉，都朝我瞥一眼，显而易见，他们并不喜欢我这个不速之客，将戒备之情写在脸上。

公用自来水旁，一个四十多岁的锥子脸女人放下淘米箩，冲着我喊起来：“嗨，高个子，逛了有十分钟了，找谁呀？”她的两颊从颧骨处突然削到下巴，嘴鼓出来，像是长了龅牙。

我向两边张望，摆出一副迷茫的神情。

“别找了，说的是你。”锥子脸女人喉咙里恍若安着扬声器。

“没记错的话，欧阳世阁是住这儿吧？”情急之下我问道。

“你是他朋友?”

“小学同学。”

“那间贴喜字的就是他家，现在家里没人，他媳妇去开追悼会了。”

“谁去世了?”

“世阁钓鱼时轮椅滑进河里，死了。”

“什么时候的事?”

“四天前。”锥子脸女人道，“世阁去年瘫了后，常让小焦推他去河边钓鱼。”

“小焦是谁?”

“世阁的媳妇。”

“好端端怎么就瘫了呢?”我问。

“被车给撞了，”锥子脸女人说，“拐弯的平板工程车，看得到车头看不见车尾的那种。”

我联想了一下，欧阳世阁站在路边，一辆大型平板工程车驶来，他避开了车头，没留意到后面的长尾，当它像怒气冲冲的巨蟒将尾巴横扫过来时，来不及躲了。

“可怜小焦，结婚不久丈夫就瘫了，守了两年多活寡，这下真守寡了。”锥子脸女人又说。

“我记得世阁是独子，他妈妈生他时难产死了，他爸现在还好吧?”

“他爸身体不太好，一直没续弦，前年秋天去世的。”

“感觉这家人好倒霉。”

“谁说不是呢，都说他们家祖坟被人下过蛊，风水坏掉了。”

“时间不早了，我先走了。”

推车离开东欧阳村，远处的土路出现一支衣袖别着黑纱的队伍。让到一边，目睹他们走近。最前面的正是那天河边推轮椅的女子，垂首捧着一框遗像，遗像上的死者好生面熟，多年不见，儿时面容依稀能辨。念书时，我和欧阳世阁交往不多，只记得他不怎么爱说话，喜欢给人起绰号，为此还和同学打过架。

她从我身边走过去，看了我一眼，既没吃惊，也没回避，像看一只既不讨厌也不喜欢的野猫或松鼠。然而，有一点我可以肯定，那只停在榆树上的黑鸟不是喜鹊，而是乌鸦。

3月28日　星期一

昨夜辗转，清晨起来站在窗口，地面濡湿。雨可能是下半夜开始下的，那会儿处于半梦半醒之中，疲倦的只是身体，脑袋却睡不着。没想到她竟是欧阳世阁的妻子，世界有时小得像一道缝隙，会和很多陌生的熟人或熟悉的陌生人不期而遇，恰似突如其来的死亡——某个守在黑暗里的怪兽——冷不防将你一口叼走。

无论如何，一切源于蹊跷，或说巧合。当然，也可以说是强加给自己的暗示。另一个苏紫，也许她们并不特别相像，可在那瞬间足以乱真。说实话，我害怕再遇到她，同时又怀有深刻的眷念。有篇文章说恋爱时智商会下降，哪怕意识到自己的愚蠢，情感仍会将理智玩弄于股掌之间。若是单相思，和热恋也没什么不同，依然处于情感瘾症的发作期。我知道自己并非重蹈爱河，每一场死去的爱情都会有后遗症，我不过是一个重症患者而已。

虽和欧阳世阁没什么交情，他的猝然离世还是让我黯然神伤，脑海里有个声音告诫我，今日别去东欧阳村，不但不合时宜，而且没有教养。另一个声音却驱使我，去吧，哪怕在河边坐着，至少觉得离她不远。

这样的举动过于愚蠢，须知我对她一点也不了解，若说外貌，她确属我喜欢的类型，事实上，外貌无非几个类型，每个人都有钟爱的款式，这和天然审美有关，也和后天趣味有关。当我回忆她的五官，浮现出的却是另一张面孔：鼻尖微翘的鹅蛋脸，略带忧伤的眼睛，慢条斯理的说话腔调。

我产生了恍惚，我得重复一次，她的出现是不寻常的，唤醒了我某种隐秘的情愫，可我记不清她的样子了，然后连苏紫的样子也记不清了。阖上眼帘冥想，愈是努力去区分她们，愈是混淆在一起。

拿好渔具，撑着伞，冒着小雨出了门，坐两站公交到牛头栅，换乘近郊专线。

阳桥掩映在烟雨缥缈间，土路湿滑，差点滑了一跤。站在河边，执伞垂钓，既希望她能出现，又怕她真的走来。这个灰蒙蒙又空气清爽的晌午，周遭的景致显得特别虚妄。

如果我愿意，可以立刻赶到东欧阳村。当然，我没那样做。因为心不在焉，没能钓到一条鱼。收起鱼竿，从阴桥走出去，才意识到没有上班。雨渐渐小了，徒生冷意，淋出几个喷嚏，回报是递上一张假条，印证了什么叫鬼迷心窍。

3月29日　星期二

天气和昨天一样阴霾，因为事先没请假，被勒令写检查。“按常规，这种情况可以视作旷工。”章主任说。

章主任是我同门大师兄，区别在于，我是敬师傅私授嫡传，是拜过师的，他和另几个徒弟则是单位分配的学徒，更像是工作关系。虽是师兄弟，但我能觉察到，他们和我并不热络。敬师傅在自然博物馆时，面子上还过得去，敬师傅失踪后，同门之谊逐渐瓦解，他们几乎不再和我这个最小的师弟来往。

我不是不好打交道的人，之所以遭到师兄们排挤，无非是他们变相表达对敬师傅不满，觉得敬师傅偏心，只收了一个关门弟子，可能还觉得敬师傅势利，之所以选择我，因为我是伍研究员的儿子，又是大学生，而他们是中专技校生。当然对我本人也心存嫉恨，认为敬师傅一定把绝活传授给了我。

敬师傅担任标本工场主任多年，重病期间让贤，向馆里提出由我继任，我未加丝毫考虑就谢绝了。一来我对当官没兴趣，讨厌人际政治，二来师兄们资格比我老，又不喜欢我，若答应履职，等于激化矛盾，将自己放在火炉上烤。

此外，还有个深层原因，近年标本工场业务从制作转向维护为主，已不再是一个施展标本师才华的地方。这常让我滋生辞职的念头，更不用说去当什么主任了。

业务萎缩的直接原因是政府加强对野生动物的保护，标本的制作物料，也就是野生动物皮张没了合法来源，虽然民间偷猎猖獗，但自然博物馆这种正规单位不会接纳来历不明的皮张（领导犯不着冒这样的险）。再说经年积累，馆藏标本基本能满足日常展览和研究所需。一个工艺精良的标本只要保存得当，使用可逾百年。对馆里来说，新增藏品并非迫在眉睫。

当然，也不是完全没标本可做，工场有数量不小的皮张库存，是历史存留下来的，最早可追溯到北洋时期，更多采自"文革"之前，堪称几代人心血。那会儿中国大陆还没有野生动物保护概念，听敬师傅说，他年轻时捕杀虎豹的猎户还能被评上劳动模范。通过各种渠道收集来的珍贵皮张浸泡在高浓度酒精里，需要时，取出软化即可制成标本。

这不是长久之计，做一张少一张，只有消耗没有补充，有坐吃山空之虞。

当然，因为馆藏标本繁多，修整维护的工作量也是比较大的，只不过这种小修小补远不能满足一名标本师的追求。不时萌生去意，之所以没痛下决心，在于骨子里的怯懦。面对未知的外部世界，心里没底，或者说，对自己的谋生能力不是特别自信。

其实，因为名声在外，一直有私活找我。这个圈子很小，谁手艺如何，业内自有口碑。有时暗忖，无论世道怎样，手艺人总不至于饿死，想归想，还是没递交辞呈。

标本工场也承接一些社会加工，比方说死亡后的宠物，主人不舍得处理掉，会找上门请求做成标本。比方说一些学校委托加工的教学用标本，无非是一些家猫家狗家兔家豕，没什么成就感。

在这座城市，除了市自然博物馆，还有一家单位标本制作能力较强，就是市立动物园。该园除了展示活体，还设有“静态动物馆”，陈列死后的珍禽异兽。敬师傅曾翘起大拇指夸道：“这个命名专业。”

我明白其中深意，标本不是简单将动物尸体保留下来，而是严肃的分类学用词。普通人眼中的“标本”和学术意义上的“标本”不是一个概念。市立动物园没有沿用约定俗成的“标本馆”，而使用“静态动物馆”，说明了命名者的内行。动物园展览的既是野生动物，又不是真正的野生动物。这话听起来拗口，道理很浅显，标本核心价值在于其对物种的记录，动物园虽在圈笼标签上注明动物产地和习性，却是泛指，不是针对一个具体的样本。很多动物在动物园繁衍，产地就是动物园，若放入原始环境，根本没生存能力，从这个角度说，物种研究价值已大打折扣，“静态动物馆”客观阐述了“动物园标本”的性质。

“不过，”敬师傅话锋一转，“虽然我们尊重标本的专业价值，但对标本师来说，最重要的还是手艺。做好每只标本，不管是野生的还是豢养的，最大程度还原它的姿态，才是我们的职责。”

敬师傅失踪后，标本工场基本处于停滞状态，章主任喜欢召集大家开无聊的会，针眼大的官，越来越喜欢摆臭架子。去年有个师兄和他吵了一架，辞职去了亲戚家开的灯具厂，其实就是改行了。

章师兄当上主任后，没少刁难我。比方说没上班的事，放在别的科室，补一张事假条就算了。他板着脸非让我写检查，如果不写，真能给个旷工处分。旷工和事假性质不同，这个月奖金就泡汤了。平时也是，逮着机会就修理我，更别说这次撞在枪口上。

昨天被雨一淋，有点低热，脑袋发胀。

下班回家，继续做那只中华田园犬，这是私活。一名中年男人不知怎么打听到我住处，将一只纸箱打开，是一条土黄色狗尸。他哭丧着脸恳求我，说价钱不是问题，恳求把爱犬做得栩栩如生。对这样的客户，我见多了，问他是病死还是自然死亡。他马上说是自然死亡。瞄一眼狗尸就知道他在撒谎，不过我没计较，反正对动物尸体一律严格消毒。他从夹克口袋摸出一张照片，是死犬的生前留影，我将照片接过来，问，你想要它奔跑的样子？他点了点头。

扳着手指回溯，从初中二年级单独做成第一个标本算起，干这行已十七年。偶尔会自我怀疑，怎么会干这一行？除了殡仪馆入殓师，恐怕找不出更晦气的活了。整天与飞禽走兽的尸体打交道，有时还要当一回屠夫，杀死活蹦乱跳的动物，制成没内脏的“假壳”。

幸运的是，在世俗评价中，标本师与入殓师完全不同，前者人际交往没任何问题，后者却是晦气的化身，自己也很识趣，不与他人握手，更不轻易去做客。

审视着眼前这只即将完工的中华田园犬，别看它像在奔跑，其实生命永远从躯壳里消失了。

雨停。站在有铁栅栏的窗台旁洗手，廉价的碱皂伤皮肤，却能祛除动物腐败的气味，有一种洁净的毛糙感。

4月3日　星期日

今天再次见到了她，知道她叫焦小蕻。

天蒙蒙亮，起床了。楼下有家小丽花店，店主是一位样子很文艺的姑娘，永远梳着很顺滑的短发。她雇了村姑红霞当帮手，红霞在店门口扎大大小小的花篮。忙时，小丽和红霞一起干活，闲时，捧一本书或杂志坐在藤椅上，腰杆笔直，而不是慵懒地歪着。

晚上打烊，红霞就住阁楼上。我下楼时，一辆装满鲜花的黄鱼车停在花店门口，红霞已从花市进完货回来了。

昨晚预定了一束白雏菊，红霞问我怎么包装。我说不要任何装饰，用橡皮筋扎紧即可，结果她还是在雏菊中夹了满天星。

乘车到牛头栅转近郊专线，刚好有个靠窗的座位可坐。这条线路很熟悉，虽然沿途风景有所变化——这儿少了一片农田，那儿多了几栋厂房——但大体还是当年景致。随着岁月远去，记忆反而越来越清晰，大学期间当过一段时间的校园诗人，记得写过一句：一生很长，长不过儿时阴影。

看着手里的白雏菊，从审美而言，夹一些满天星确实更好看，但我还是将它们挑出来，下车后扔进了垄间的草丛。之所以剔除，是不想显得刻意，我只是经过某个苗圃，随手摘下一把雏菊，而不是处心积虑备好这件道具。

从阳桥左拐，刚进东欧阳村，远远看见了她。井边棚架旁，她正在摘一根丝瓜。黑白格子的长裙，裙料应该是高支纯棉，有一种天然的沉坠感。她够不着那根丝瓜，脚尖踮了起来。在空气清新的乡间，有绿植背景的一口井，刚刚升起的淡金色光芒，一个晨风般清新的女人置身其中。这样的画面往往会定格在记忆里——就像我想到苏紫时，映现的是她怅然远眺窗外的画面——很多时候，我们对一个人的印象来自某个早期的瞬间，在日后漫长的岁月中，成为其人格的一部分，与日常的形象画不上等号。

我傻乎乎地站在那儿，她右臂上的黑纱，让我觉得此刻的出现是一种冒犯。她转颈一瞥，吃惊地张了下嘴巴，朝窗上贴着“囍”字的房子走去。一只大黄猫不知从哪里钻出来，尾随着她，肥硕的肚皮几乎贴到地面，尾巴耷拉成一根柔软的掸子。

“等一下。”我试图叫住她。

她稍一驻足，加快了脚步。大黄猫身躯肥胖，步姿却轻盈，跑到前面去了。

“我是欧阳世阁的同学。”

她停下来，回过头，眼神里漫过一层细雾。

“我们是小学同学，小时候都用绰号，我们叫他小耳朵。”

她点点头，好像放松了警惕，也可能是我认为她放松了警惕。

“我来给他献束花。”

她看着那束白雏菊，我明白，虽然她无法拒绝我祭奠昔日的同窗，却未必不清楚我的真实动机，出于礼貌，她同意了我的请求。

“随我来吧。”

跟在她身后，斜穿过一片空地。大黄猫停在她脚下差点被踩，她吓了一跳：“扁豆，你干什么？”

那只叫扁豆的大黄猫也吓了一跳，嗖地蹿到一边去了。

跨进门槛，厅堂中央悬着欧阳世阁的遗像，清癯的面目隐约可识当年，左耳那块小突仍在，这是他绰号的由来。遗像下方是供台，堆放着水果。我将白雏菊放在供台上，点了炷香，拜了拜。

“听你是市区口音，怎么会在这儿读小学?”她问。

“我爸是阴阳浦人，大学毕业留在了市区。我上小学三年级时妈妈病逝，爸爸把我送到奶奶家，在阴阳浦小学借读了一段时间。”

“这样呀。”

那个尾音她几乎是吃掉的，我还是听到了“呀”，一个好听的感叹词，轻得仿佛听不见。苏紫表达情绪时也喜欢拖曳一个尾音，同样轻得仿佛听不见。

“听你也是市区口音。”

“我娘家在市区。”

“怎么称呼你呢?”

“焦小蕻，雪里蕻的蕻。”

扁豆又蹭到了她脚边。

4月4日　星期一

上午，参茸药店陈经理来标本工场取货，对我手艺赞不绝口。他透露一个信息，很快要开几家分店，届时会订制更多梅花鹿标本。参茸行业的广告招牌就是陈列在橱窗内的梅花鹿标本，性质类似理发店门两侧的螺旋灯柱。我冲他笑笑："业务的事找章主任。"陈经理推推鼻梁上的银丝边眼镜："那我点名你来做。"我忙推辞："千万别，我们这儿大锅饭，干多干少都平均奖。"

"那不公平。"他把我拉到一边，"药店是我承包的，你手艺好，价格优惠点，以后直接找你做。"

"找我做也要提供饲养证明，野生梅花鹿可不做，弄不好吃官司。"

"这你放心，我们那么大销量，肯定有梅花鹿饲养场，没有充足货源怎么开分店？"

"找我做没问题，别声张。"

"那当然，我最敬重手艺人，肯定保密，回头留个拷机号。"

从家里搬出来三年多了，现在租的是十三平方米的一室户，卫生间合用，厨房独用，优点是离单位近，步行七八分钟，工作日可以睡懒觉。缺点是太小，只能接些小活，不过眼下也只能接一些猫狗宠物——鹿角有药用价值的梅花鹿已完成驯化饲养，野生的可不允许猎杀——敬师傅曾用开玩笑的口吻抱怨："也不是所有野生动物都不能猎杀，还有麻雀，还有癞蛤蟆，还有苍蝇蟑螂呢。"

一直想有个自己的标本工作室，不需要自然博物馆那么好的条件，真正的手艺人凭一双巧手，说起来，标本所需工具并不复杂，按说不难，但这只是错觉，就像我小时候上书法课，看老师挥毫很潇洒，自己拿毛笔，手腕直抖，纸上爬的全是歪歪扭扭的黑蚯蚓。

要做好一件标本，别的不说，单就工艺来说，就有三大流派，当初古斯塔夫从欧洲带进中国的叫“假模法”。这可能是世界上最早的标本制作工艺，据说美国、加拿大也沿用。假模法带有浓郁的欧洲启蒙时代印记，崇尚严谨繁复的科学精神，先做一个坯，石膏浇成母壳，用玻璃钢、石膏或发泡剂模拟肌肉，最后覆上毛皮。特点是强调线条，不过有时肌肉显得过于夸张，不服帖的皮毛需要割掉，就不完整了。

日本的“结扎法”也自成一家。从动物尸体臀部开挖，塞入干草棉花等填充物，创口较小，缺点是屁股皮肤薄，不易缝牢，有时会导致后肢移位，造成结构不平衡。

剩下就是“中华填充法”。视动物大小，用粗细不等的铅丝做出脊椎与腿骨，有时也会用到钢筋铁管，从胸口塞入填充物，特点是保留少量脂肪，使毛皮具有柔性和弹性。我和敬师傅探讨过，这是很典型的中国手法，中国人杀鸡、杀鱼、杀猪历来是开膛破肚，敬老祖是猎人出身，起初做“假壳”肯定也是破腹取脏。

敬师傅不是狭隘的标本师，虽然主要用填充法，也不排斥假模法和结扎法。平时我们只说“标本”两字，其实是指脊椎动物标本，地球上有四五万种脊椎动物，分为鱼类、两栖类、爬行类、鸟类和哺乳类五纲，无论外形还是体量，相差悬殊，仅用一种工艺难以完美表现动物的神采，所以敬师傅是集大成的标本大师，打通了中外三大流派，做出的标本配得上栩栩如生这个成语。举个例子，四肢落地的哺乳动物比如牛羊鹿马，从胸腹剥开没问题，灵长类的猕猴或山魈，常直立行走，肚皮就会露出缝合线。这种情况下，敬师傅就会借鉴日本结扎法，从臀部填入材料，胸部不够饱满，也会借鉴假模法里的石膏肌肉。

有一次，垂钓中的敬师傅忽然转过头来："别看现代人发明了飞机火箭，有些地方还是古人更聪明。"

"没错，唐诗宋词就写不过古人，小说也没超过《红楼梦》。"我附议道。

"你说古人是怎么制造出那种防腐剂的?"敬师傅若有所思。

"什么防腐剂?"我问道。

"十多年前，邻省发现一个晚清古村遗址，我和你父亲去现场，在一张拔步床上躺着一名少妇，历经百年，身上的被褥和衣裳都氧化了，肤色却和常人无异，就像睡着了一样。"

"您说的是永生仙姑吧？听父亲说起过。"

"永生仙姑是我们给起的绰号，世上哪来什么仙姑。"

"父亲说这具不腐古尸被盗了?"

"嗯，发现后第三天晚上被盗，至今还是悬案。"

"这么珍贵的古尸怎么会被盗?"

"考古现场虽然做了清场，但警力根本不够，赶来看稀奇的村民很多，还有一些不知从哪里冒出来的神秘人物，你要知道，走私团伙都是千里眼顺风耳，全世界每个角落都有他们眼线。”

“真可惜。”

“倒也不是一无所获，尸体虽然很完整，肚皮上却有条长伤疤，记得我还跟你父亲开玩笑，不会是剖腹产吧？打开腹腔一看，肠胃没了，可能是为了防止粪便导致尸绿而摘除的，因为除了肠胃，其他内脏都保留着，也都没有腐坏，就像软塑料一样。”

“据说有些大和尚圆寂前是排空肠胃的。”

“排空肠胃的话，对保存高僧遗体肯定是有利的，寺庙应该有清肠的秘方。”

“为什么那些高僧能预知到死期，在圆寂前完成清肠呢？”

“预知死期是高僧圆寂后弟子们对外界说的，我是这样认为的，清肠的同时肯定不再进食，最多喝点水，所以最后应该是饿死的，或者死于器官衰竭。也就是说，如果我是和尚，哪一天顿悟想告别人世了，也能做到预知死期。”

“可那些古代高僧的遗体，皮肤无一例外都萎缩发黑了。”

“人是无毛猿，像永生仙姑那样在空气中长期保持原状，现代防腐剂肯定做不到，你看馆里的人体标本还不都是浸泡在福尔马林里。虽说我们制作的动物标本在空气中也能保存百八十年，但皮肤其实是干硬的，只是被毛遮住了看不出来而已。”

“这样来看永生仙姑真是奇迹。”

“永生仙姑至少留下了两个悬念，一个是为什么不封棺落葬，当然这是民俗学课题，另一个就是为什么在空气中不腐坏，而且我们用的苯酚硼酸都是难闻的化学味道，永生仙姑却有异香，解剖时我采集了一些内脏组织，一直想搞清楚配方，从古籍中找线索，用各种中草药尝试，进展不大。”

敬师傅让我为他的仿制古代防腐剂计划保密，一来他没把握，二来侥幸成功也不想公开配方。他仅仅是将此事当作有趣的自我挑战，这符合他一贯乐于钻研的精神。

4月6日　星期三

这段日子，失眠常困扰我，眼圈发黑，记忆力也好像出了问题，有时能清晰忆起她们的面貌，有时模糊得只剩脸部轮廓，更多时候，是将她们混淆，恍如快速切动的两张扑克牌，黑桃Q梅花Q，无法甄别。

六点不到，就抵达了东欧阳村，窗上的大红“囍”字被撕掉了，撕得非常干净，肯定用了某种清洁剂，才能一点痕迹也不留。

我去敲门，须臾，门开了，焦小蕻慵懒的神情表明她刚起床不久。

“是你？这么早有急事么？”

“我们到河边走走吧。”

“有话可以在这儿说。”

“小蕻，这么早有人来找啊？”锥子脸女人不知何时出现在旁边。

“谷姨，他是世阁的小学同学。”焦小蕻微笑道。

“我知道我知道，他上次来过。”谷姨的锥子脸竖了过来。

“好吧，去河边。”焦小蕻把门关上，我在前面，她尾随而来。几次想和她说话，却不知怎么启齿，这段土路走得崎岖而漫长。

走到常来的僻静河岸，成片的水杉林，树荫飘荡在河面，枯黄色的芦苇在对岸小幅摇摆。月亮尚未完全消退，阳桥阴桥像彼此的剪影，野草的苦味中弥漫着静谧。

“有什么事说吧，待会儿我要上班。”

她的语气如同外交官，扁豆不知何时跟来，猫足底有块软肉，行动时悄无声息，俨如鬼魂。

“知道为什么来河边么？因为在这里我第一次遇见了你。”

“知道你要说什么了，打住。”

“我知道不该这时来找你。”

“世阁尸骨未寒，你就来勾引老同学的妻子，不感到脸红么？”

她扭头就走，扁豆跟在后面，回了两次头，嘲笑我似的。

她的态度并不让我吃惊，这是与传统伦理合拍的反应。她愤然离去，因我行为出格。无论如何，我不该此时前来，在她悲伤的心绪上撒一把烦恼的盐。可我还是来了，心甘情愿为了被拒绝而站在她面前。此刻，我站在河边，看着水粉画般的风景在初升的晨曦中慢慢变浓，这才意识到是乘着黑夜而来：在星光下埋头骑车，并未意识到四周的昏暗与沉寂。旭日东升，芦苇在河水的皱纹中飘摇，将我从虚幻中唤醒。

在河边打起水漂，我曾创下薄石片掠过水面七漂的纪录，眼下却只能玩上两三漂。百无聊赖中，蹲下身用草茎编起了花篮，这是儿时学会的讨好女生的小把戏。

花篮编到一半，见她从阴桥那边拐过来，在花篮里放了一块泥巴，投入水中，它慢慢沉下去，被河吃掉，成为酒窝一样的水窟窿。

远远跟着她，手臂上的黑纱俨如乌鸦扑进眼眶，它代表一个人走进黑幛再不会回来。一座废弃的旧碉堡出现在跟前，她走进了碉堡左侧的阴阳浦小学。

莫非在我母校任教？我愣了一下。

校门口的学生向她敬礼，她回礼步入，肯定了我的猜测，她是一名乡村女教师。

校门外稀稀拉拉尚存部分学生，他们是小贩的主顾，小贩无一例外都是老头。很多年前在此借读时，他们就是老头，而今还是老头，更老的老头。他们认不得我，我对他们记忆尚存。棉花糖和糖画迎来送往了一拨拨学生，连带着，他们彻底老了，成了现在皱巴巴的样子。

在一个糖画老汉摊位前驻足，上课的预备铃声从围墙内飘出，学生们轰地散开，像受惊的兔子冲进校门。

碉堡与阴阳浦小学隔路相望，与当年相比，路拓宽了一些，导致学校围墙缩进去一段。本来靠右还有一条洗笔江的小支流，给填了，成了稀稀落落的绿化带。

迈入校门，灰瓦青墙的教室与光秃的操场几乎没有变化——其实，垂钓之余，我和敬师傅会到周边转转，也来过阴阳浦小学，只是今天进入校园不再是怀旧——向教师办公楼走去，在楼梯口止住脚步，没踏上台阶。

4月7日　星期四

懒洋洋的闷热天，打个哈欠，翻身下床。

想了一宿，说服了自己辞职，自然博物馆早已厌腻，之所以恋栈，是缺一个很具说服力的理由。现在理由出现了，一个很说得过去的理由。

主意已定，先去馆里向章主任请事假。

“怎么临时请事假。”章主任还是那副不阴不阳的口气。

“谁规定不能临时有事?”我将假条往桌上一拍，不用回头也知道这家伙张大了嘴。

从近郊专线下来，径直去阴阳浦小学。

老师们仍在那栋二层的青砖小楼里办公，校长室在二楼最里侧，小楼比当年更破败，在木质走廊上缓缓而行，一些儿时回忆掠过，好像背后有双眼睛注视我，是她的眼神，猛回头，走廊上一个人也没有。

诵读声从对面灰瓦青墙的教室传过来，我叩响了校长室的门。

开门的是一位花甲女教师，疑惑地看着我，老花眼镜脱了又戴上。

“秦老师，您好。”

“你是?”

“我是欧阳晓峰。”

“欧阳晓峰?”

“那年我从市区插班进来，您教数学，是我班主任。”

“哦，我想起来了，当年你住在祖母家，借读生。眼睛一眨成帅小伙了，工作了吧?”

“工作好些年了，在市自然博物馆上班。”

“欢迎回母校看看。”

“我常来阴阳浦钓鱼，来母校转过几次。”

“来都来了，怎么不过来坐坐?”

“都是周末来，学校不上课，今天倒是特地来的。”

“特地来的？那肯定有事。”秦校长给我倒水，一只印着工农兵学头像的搪瓷杯，一看就用了很多年。

“白开水就行。”我说。

“自来水有漂白粉味，放茶叶口感好些。”说着，她将冲好的茶水放在桌上。

“不瞒您说，今天来还真有事，秦老师，阴阳浦小学现在缺老师么？”

“学校最缺的就是师资，你看我都这把年纪了，还退不了休。”

“我想调来当老师，我是科技大学生物系毕业的，教生物没问题。”

“小学没生物，只有自然常识，业务相信你没问题，不过从自然博物馆这么好的单位调来当乡村老师，没开玩笑吧？”

“我不是一时兴起，是经过认真考虑的。”我把学历证书、学位证和简历从文件袋里倒出来。

“说说你的理由。”秦校长没去翻那些材料。

“我在自然博物馆当标本师，现在对野生动物保护严格，标本原料没了来源，所以有改行的想法。”

“你是名校本科生，即使要改行，选择当一名乡村老师，还是让我费解。”

“我其实更喜欢乡下，这里有童年回忆，民风淳朴，自然博物馆人际关系太复杂了。”

“我们学校又小又破，前面鲁镇有所完全中学，凭你的学历去那儿不是更好？”

“阴阳浦小学是我母校，再说，我虽是本科毕业，但从没当过老师，小学教起比较合适。”

“那你对教学存在误解，教小学可不比中学轻松，小学生是白纸，一个部首一个拼音开始教，启蒙最耗心血。”

“有道理，那我就慢慢学习怎么当一名小学老师吧。”

“不瞒你说，我们现在紧缺的就是老师，你这样的人才打着灯笼还求不到，是怕庙小容不下大菩萨。”

“最缺哪个学科？”

“最缺语文，其实什么学科都缺，目前靠返聘退休老师勉强维持教学。”

“语文我也能教，我当年还是语文课代表呢，大学也喜欢写写东西，发表过一些文章。”

“语文是主课，马虎不得，上岗前要培训的。”

“那当然，不能误人子弟。”

“主要是我们学校条件太差了，好在县教育局已经立项建设新校舍，再过两年，就能旧貌换新颜。”

“如果考虑接收的话，我就开始办调动手续。”

“你先别急，我和其他校领导商量商量，你也考虑成熟。”

告辞出来，赶回市区居处，开始拟辞职申请，在书写过程中，我踌躇了一下，是否应该和父亲说一声。多年不来往了，平时在食堂撞见也形同陌路。从他眼神中，能感受到非常想跟我说话，我却每次把头一低，用余光看他失落的身影。

天气预报说明日天晴，未来虽是未知数，至少可以天天见到她了。我深吸口气，像个不胜酒力的少年，闻一下酒味，就陷入了微醺。仅仅过了一秒，一丝血腥的反刍令我晕厥，好像看到深不见底的旋涡，吞没了女人绝望的呼喊。巨大的水声突然塞满耳朵，遏制不住要大叫起来。

5月17日　星期二

市自然博物馆和阴阳浦小学分属两个系统，同城间事业单位调动在程序上不算复杂。先由阴阳浦小学发商调函，自然博物馆同意并报所在区人事局备案，经阴阳浦小学所在县人事局批准，由该局人事科调档经办。

实际操作中，会遇到补办资料之类的额外事，多跑冤枉路，忙得日记都没时间写。

秦校长上次说班子商量，其实是场面话，阴阳浦小学对我的调动非常欢迎，派了一位金老师协助办理相关手续。我是本科学历，只需经教育学和心理学的短期培训即可上岗。

培训在县教育局下属教师培训中心，不是常年授课，要攒到一个班的人数。秦校长说我可以先上课，熟悉教学大纲，培训课届时再去补读。

从人事部出来，回到标本工场，默然长伫，变化来得太快，简直不相信这是真的。我曾多么厌倦师兄们的敌意，厌倦这个无法施展的旧舞台，真要与之道别，惆怅却莫名袭来。

要成为乡下的小教书匠了，我是一只飞离城市的鸽子，一只莽撞的飞向村野的鸽子。我将停栖在阴阳浦的树枝上，收拢翅翼，凝视她的背影。

调动的事不胫而走，博物馆几乎无人不知，同事们遇见我揶揄道："欧阳，听说你要去做一个农民了？"

我冲每个人礼貌地微笑，不说什么。

有个人经过我身边，用漫不经心的口吻道："一定是哪个村妞把你的魂给勾去了吧？"

回头一望，是章主任兼我的大师兄。

"让我猜中了，好事，脸红什么。"

说着，用筷子敲一敲碗边，往食堂方向溜达过去了。

连那些清洁工也停下手中的拖把，冲着我笑眯眯道："走啦？常来玩。"

自然博物馆就是这样一个地方，平时死水一潭，哪怕有个针尖大的响动都会像病菌般急速扩散。无聊之地多无聊事，刚进单位那年，就有两名科员因赌吃泡泡糖而导致急性黏肠炎发作的闹剧。

标本工场共四层，藏品区在顶层，这是核心区域，也是最有价值的所在。外黑内红的双层丝绒窗帘阻隔了阳光，墙上安装了排气扇，但不常开。体型较大的动物，安置在独立标本室，更多的小型鸟兽存放在标本橱内，橱底附有目录专用屉，注明标本的产地、目科及习性。除此之外，还有标本总登记册和编号归档的卡片，便于检索查询。

标本怕霉怕潮，尤其怕虫，雨季前会用敌敌畏或六六六消毒，替换新的樟脑杀卵灭虫，所以藏品区气味很重。每次来，都有窒息感，鼻孔像自行关闭的门，试图不让异味飘进来。

回到更衣室，一个人慢慢整理，我有两只更衣橱，一只是单位分配的，另一只原本是敬师傅的。

师傅失踪前，跟我促膝长谈过一次，说："看样子我这病是拖不久了，一直把你当干儿子看，没什么留给你，更衣橱抽屉里有张银行卡，没多少积蓄，密码是我生日，算是提前给你和苏紫的结婚红包。"

敬师傅握住我的手，冲我笑了笑。我常回想起那个意味深长的笑容，似乎隐藏着什么欲说还休的秘密。

这次谈心后一个星期，敬师傅就人间消失了。单位先在报纸上登了寻人启事，然后报了案。三个月后，仍杳无音讯。基本上就认定为失踪人员了。我清理他的更衣橱，放入一些不常用的杂物。那天开例会，章主任要我交出敬师傅更衣橱的钥匙，被我立刻顶了回去。我平时尽量避免和他正面冲突，倒不是怕他，而是觉得没意思。那天冲着他怒目圆睁，脸沉得比包公还黑，他对我的反应有点吃惊，也可能觉得小题大做，清了清喉咙，把话题扯开了。

之前一直没打开那抽屉，师傅说是结婚红包，那就结婚时再打开吧——虽然新娘再也不可能是苏紫了——这样好像师傅也参加了婚礼。

将抽屉打开，果然有张银行卡，还有一副师傅不常戴的银丝边眼镜，一本有点脱胶的《钢铁是怎样炼成的》，里面夹了张泛黄的照片，一名年轻女子的半身像，梳两条辫子，很清秀。敬师傅从没谈过他的感情生活，这张珍藏的照片或许就是他单身的原因。她是谁？她知道师傅一辈子的痴情么？或许永远不会有答案了。

一只装试剂的小玻璃瓶引起了我的注意，里面是灰绿色的膏剂，侧在光线下，换一个角度，则呈现出淡金色。旋开瓶盖，一股很难描述的异香把鼻翼撑开。一个闪念让我一激灵，难道防腐剂仿制成功了？我在抽屉里翻动，没发现其他线索。再去翻那本书，师傅在扉页写了一段留言：

> 用裸白鼠做试验，喂食后很快死亡，空气中存放半年皮肤无变化。留一瓶给你做纪念，配方我带走了，留在世上的话，标本制作这门手艺就会失传，我仿制它，没任何功利目的，只想证实一下古人的智慧。

5 月 18 日　星期三

枯坐一棵树下，巨大的旋涡在天空飞舞，宛如水柱做成的龙卷风。

远处惊涛骇浪，出现一座浮岛，敬师傅赤身裸体走动在飞禽走兽之间，鸟兽们像被引线牵引，宛如木偶，仔细看，是自然博物馆的标本，它们将敬师傅围起来，几只猴子坐在馆里唯一的大象的背上，空气呈硫黄色，鸟和鱼在飞，乌龟在飞，蜥蜴也在飞。敬师傅展开双臂，腋下长出类似掌蹼的薄翼，也飞了起来。

他扑扇到我面前，收拢薄翼，对我说："瓶子拿来。"

我将手里的小玻璃瓶递给他，他拧开瓶盖，用指甲挖出膏剂，往脸上抹，往脖子上抹，又挖出一些，往手臂抹，往胸口抹。他的裸体和我在自然博物馆浴室里看到的没什么两样，抹身体两侧时，薄翼消失了。他转过身，让我给他抹后背，叮嘱我一定要抹得均匀，保证每一寸皮肤不要遗漏。我挖了一些膏剂，涂在他背脊上，皮肤冰凉，像蛇一样没有温度，我仔细抹，然后用掌心揉开。

好像是一只鹦鹉起的头，它脱下漂亮的羽毛，拦截住一尾半空中的鳟鱼，将它的鳞片外套脱下来。鹦鹉穿上鳟鱼的鳞片外套，鳟鱼披上鹦鹉扔过来的羽毛。周围的标本看着两个易装怪物，静默了片刻，很快意识到这是非常有趣的游戏——就像假面舞会，纷纷交换面具，脱下自己的外套，穿上对方的行头。

很快，标本们觉得不过瘾，有了更大胆的想法，当一只狐狸摘下毛茸茸的尾巴，交换到一对秃鹫的翅膀，狂欢就开始了。各种器官被标本们自行取下，安在不同类别的动物身上。当我抹完敬师傅的背脊，抬头望去，现场充满了世界上不存在的动物，好像来到了另一个星球。

敬师傅弯下腰，开始往腿上抹膏剂，当他涂完左腿，发现小玻璃瓶空了。他惊恐地看了我一眼，问："怎么没了？"我还没反应过来，他右腿开始溃烂，大片鲜红的肉像碎布般掉下来，须臾，露出枯白的腿骨。敬师傅跌在地上，那些不存在的动物蜂拥过来，一条头戴鸡冠的蟒蛇咬住他的右腿骨，一匹拖曳着松鼠尾巴又装了一对驴耳的非洲土狗撕下了他的右臂，伴随着敬师傅的惨叫，我头皮发麻，醒了。

靠在床架上惊魂未定，怎么会做这样的梦？

5月20日　星期五

今天去阴阳浦小学报到，新同事中有几位当年还教过我。她没来，也许是故意避开我。秦校长将我介绍给大家："欧阳晓峰老师是校友，放弃市区很好的工作，主动要求来母校任教，我很感动，欢迎欧阳老师成为阴阳浦小学一员。"

二十分钟后，欢迎会告一段落。秦校长和教导主任范老师陪同我在校园里走马观花，西北角那块跳远用的长方形沙地不见了，取而代之是一名少年拉住猪尾巴用力往后拽的铜像。秦校长解释道，有个叫李铁娃的学生为了抢救落水猪牺牲了，县教育局将他塑造成保护集体财产的榜样，拨款在全县中小学塑像。我看了一眼铜像，说："小学生没自我保护能力，遇灾时该鼓励学生逃跑，而不是抢救集体财产。有这闲钱，不如修缮校舍。"

两位老师面面相觑，赞同也不是，反驳也不是，我走到前面去了。

学校后操场正在打地基。秦校长介绍道："申请报告打了多年，直到去年雨季坍塌了一间教室，差点砸死学生，县教育局才拨款建造新校舍。"

沿着校园转了一圈，回到出发的地方。

那个在意识深处晃动的身影穿着黑白相间的格子长裙，怀抱一摞讲义走过来了。

目光相触的瞬间，彼此回避了眼锋。

她埋头放缓脚步，秦校长叫住她："焦老师。"

她将头抬起："校长，有事么？"

"给你们介绍一下，这是音乐老师焦小蕻，这位是新来的欧阳晓峰老师。"

"焦老师你好。"我伸出手。

"你好。"她手指冰凉，匆匆一握，仓促地抽回手，头一低，踏上了楼梯。

5月21日　星期六

因我住在市区，往返不便，学校专门腾出一间屋子做临时宿舍。县教育局很重视这次调动，准备将我作为热爱教育的典型在全县教育系统推广。我得知后，委婉地向秦校长表示了反对，一方面，我历来排斥这种虚头巴脑的宣传，另一方面，我的初衷压根和热爱教育无关，不想成为那种傻了吧唧的先进人物。

县教育局知道我搬家，一早派来了车，司机是个半老徐娘，下巴有荷叶般多余的肉。厢式小货车驾驶室后舱跳下两名搬运工，我搬的东西不多，两只标本工具箱、一根鱼竿、一些书刊和换洗衣物，一辆小卡足矣（因为周末还回市区，所以保留了住所的基本生活设施）。平时习惯睡硬床，去二手商店买了一张九成新的木板床，床架是铁制的，涂了绿漆。另买衣橱、书桌、樟木箱各一，都是七八成新，旧货比新家具便宜很多，擦干净一样用。

预付了订金，说好今天去取，从住处离开，到二手商店提货。搬运工将床橱桌箱搬上车，很快到了午饭时间，找了家面馆，一人吃一碗走油肉浇头面。稍事休息，朝阴阳浦驶来。

临时宿舍本是木匠间，对破损课桌椅修修补补，后因噪声影响到学生上课，搬到操场另一侧去了。由于我要入住，特地将墙面粉刷了一下，有尚未挥发干净的石灰水味道。

东西不多，很快安放停当。两个搬运工爬上车，女司机开车回县城去了。

墙上有个G形钩，可能是木匠用来挂锯子的，刚好可以挂鱼竿。打量着简朴的新巢，发现少了蚊帐。乡下的蚊子比市区毒，蚊香作用不大。老街有家百货店，去买了蚊帐和配套的竹竿及细绳。

回到宿舍，将它撑成长方形——虽是周末，折腾了半天有点累，不想回市区了——去学校简陋的浴室冲凉，周末没人烧锅炉，水压也不足，冷水顺着头发往下流。

匆忙洗毕，回宿舍翻杂志消遣，注意力集中不起来，她的身影在摊开的纸上时隐时现。

出校门走了一程，出现了分岔，左边通向西欧阳村，右边是东欧阳村。

犹豫了一下，朝左拐去。

自从祖母患了老年痴呆，就不太愿意去老宅，每次去特别伤感。我是祖母从小带大的，可她已完全不认识我，对她来说，祖孙间的往事仿佛不存在了。蹲在那只破竹椅跟前，她还是印象中慈祥的祖母，可除了外形依旧，灵魂差不多已是空壳，就像一具会呼吸的标本。

老宅里住着二叔，父亲是长子，有两个弟弟，二叔在家务农，小叔在镇工业开发区当招商经理。我进门时，二婶正在门口用小老虎钳剪螺蛳，她耳有点背，叫了两声没听见，屋里的二叔倒出来了，庄稼汉走路大步流星，从二婶身边经过，差点碰翻了螺蛳盆，二婶忙站起来，冲我这不速之客笑出满口牙龈："晓峰来了呀。"

二叔的粗嗓门像条麻绳："怎么半年多没来看奶奶，她白疼你了。”

我不能说不来看祖母的真实原因，只能说单位忙。穿过前房直奔后院，祖母果然还是坐在那把破竹椅上，脚边是小花坛，种着月季和蔷薇，空余的泥地栽着葱，农家不浪费土地，哪怕花坛这样的闲情之处，也要见缝插针。

祖母看着我，如同看一个陌生人。

搬张小板凳，坐在她身边，她不认识我，也是亲爱的祖母。握住她左手，手背的皮肤像蛇蜕一样干硬，她有时看我一眼，说句没头没尾的话，使我产生认出我的错觉。可她眼神里没有内容，完全失忆了。

天色将暗，堂弟欧阳晓雷夫妇领着刚上小学的儿子小东子回来了——晓雷和我同年，月份比我小，没到法定结婚年龄就把同村一个姑娘肚子搞大，奉子成婚了——侄子看到我，奔过来说："大伯，昨天在学校看到你和秦校长在一起，没敢叫，回来和我爸说，他还不相信呢。"

我回头问晓雷："不相信什么？"

"我听小东子说哥来了，就等你来吃晚饭，一直没来，心想肯定是认错了，到家门口了，怎么会不来呢。"

"自己大伯怎么会认错呢，我说肯定是大伯，你就打我。"小东子委屈得快哭了。

"就算小东子看走眼你也不能打他呀，你这爸当得有点霸道。"我说。

"我没打他，他冲我瞎嚷嚷，非说你去了他们学校，我嫌烦就在他头上掀了一下。”

“那就是动手打了，你得向小东子认错。”

我在堂弟面前有点威信，他见我这么说，就朝小东子嘿嘿一笑：“你没看错，是你大伯，不过我那可不算打你，你别看大伯来了就来劲。”

弟媳在一边数落晓雷：“你这人脾气坏，手还快，昨天给小东子那巴掌可没道理。”

二婶招呼吃晚饭了，我将祖母搀扶起来，因为长年不动，她下肢没有力量，走得非常慢。

祖母忽然把头转向我：“是晓峰啊，你爸来了么？”

一旁的晓雷看着我：“她认出你了。”

我赶紧回答：“奶奶，爸有事没来。”

祖母哦了一声，我手里一沉，听到了胳膊脱臼的声音，晓雷上来扶，来不及了，祖母像一只垮掉的座钟塌了。

手里拿着弹弓的小东子叫起来：“老奶奶不好了，老奶奶不好了。”

二叔二婶从灶披间奔过来，祖母已经走了。

5月24日　星期二

从周六通宵守孝开始，整整三天没好好休息。

住在镇上的小叔当晚就来了，父亲第二天中午赶到，一个人来的。

前房布置成了灵堂，祖母穿着生前亲自选定的寿衣躺在门板上，藏青色对襟褂子，像一个民国老妪。白布是三个儿子一起给她覆上的。按风俗，一般就不再揭开了。

父亲和两个叔叔在商量祖母后事，我和小辈们折锡箔元宝。前来祭奠的人越来越多，有亲属也有乡亲，祖母临终前的那句“你爸来了么”传开了，一个老年痴呆患者弥留之际的灵光一现，令大家十分感慨。我相信祖母那一刻是清醒的，她认出了我，她或许就在等长子长孙去看她，才甘心咽下最后一口气。

亲友们也同意这个说法，老太太走得挺圆满。

父亲情绪有点低落，显然老母亲的遗言让他深感愧疚。不过这完全是个意外事件，谁知道祖母临终之前会来这么一句呢？两个兄弟劝慰他：“大哥，别难过了，八十岁也算喜丧了。”

看着门板上的祖母，白布下的她好像缩小了一号。一早，二婶去民政局注销户口办死亡证明。下午，殡仪车就将遗体拉走了。

周日，继续通知亲友，接待吊唁，分头做丧礼的前期准备，堂弟和我去镇上的饭店定了豆腐饭。

在小路的岔口我和堂弟告别，向东欧阳村走去。

欧阳世阁家门前，那只叫扁豆的大黄猫无精打采地蜷缩在门口，肥得有点不像话，若不是宠物而是一只猪，早就被宰杀了。

焦小蕻见戴着黑袖纱的我，有点讶异，我告诉她明天祖母大殓不能去学校上课，因为不认识秦校长家，麻烦她代为请两天假。

她轻声说：“我会带到的，节哀。”

说着，把门轻轻掩上。

周一上午，祖母的追悼会在县殡仪馆举行，亲朋好友来了好多，外省能赶来的也来了，卫淑红当然也来了，以长媳身份站在父亲边上。这种场合，大家都很有分寸，我很有礼貌地向她点了点头，她也冲我笑了一下。

哀乐响起，女眷先开始哭，小孩跟着哭。男人们少有号啕的，父亲嘴唇哆嗦，默默流泪。我也是，眼泪悬在眼眶，强忍着不哭出声来。男人太喜欢死扛了，一种压抑情绪的奇怪生物。

5月31日　星期二

昨夜无风，因为雨落不下来，气压很低。后半夜好像睡着了，蚊帐压在凉席下，不知怎么滑离开来，被乘虚而入的蚊子咬醒。

赶了两次蚊子，第二次起床没再躺下。事实上，我一直处于半梦半醒状态，即便没蚊子，也未必能安然入眠。昨天快下班时，在走廊遇见抱着讲义的焦小蕻，各自偏开目光，正要交错而过，她却在我跟前站定：“明早我在河边等你。”

猜不出她约我要谈什么，翻来覆去，压在凉席下的帐边移位了。

透过窗户，晨曦在远处隐约可见。五点半光景，步出校门，成了老街上一家小饮食店的第一个顾客。一碗豆浆两块摊饼。六点敲过，离开饮食店，来到河边。

红得像橘子一样的太阳缓缓上升，捡一片石片斜抛出去，在水面穿梭了三次，消失了。

矮下身扎一只草编花篮，露水沾湿了裤脚。

将带点韧性的苇草撕成细条，十字夹十字编出造型。小时候，常用这小把戏取悦女同学，快手十分钟就能完成一只。茶壶大小，托在手上，挖块泥巴放在底部，野花野草插在泥巴上。女同学将它放在水面，织得密的在涟漪中随波逐流，可以浮很久而不沉，织得松的，很快就被水吃掉了。

回过头去，她手插在一件黑色外套的口袋里茕茕孑立。我手指慌乱，草编花篮滚进了一旁的草叶里。

此刻，缄默的场景像电影的一次定格，镜头舒缓地摇过了这个画面。

“你们背影很像，个头差不多。”她说。

“小时候他比我矮半个头，班里叫他小耳朵，叫我长颈鹿。”

“我不知道他的这个绰号。”

“对了，明天儿童节，学校的电影包场你去么？”

“我跟秦校长请了假，最近不参加娱乐活动。”

“那岂不是连音乐课也不能上了?”

“最近我确实只排乐理，没声乐内容。”

“那我也不去看了，祖母刚去世呢。”

“找你是有件事问你，”她言归正传，“你调到阴阳浦小学来是不是因为我?”

“其实你知道答案，不过想得到一个证实而已。”

“你是一个易于冲动的人。”

“也许吧，人有时也不需要那么多理性。”

“要知道你的小学同窗才去世不久，而且，你这样做已经干扰了我的生活。”

“其实从我以教师身份踏入阴阳浦小学那一刻起，我们之间已存在一种关系，无论结局如何。”

“你这是一厢情愿。”她看着草叶间的那只草编花篮。

“喜欢一个人有什么过错呢?”

“既然这样说，那我问你，一个乡村女教师有什么值得你喜欢的?”她俯身将草编花篮拾起来。

我一时语塞，我曾问过自己喜欢她什么。或许是清新的气质与我的审美保持了吻合，或许因为唤醒了我的某种久违的情愫，而在更深的意识中，我得承认，只是将她视作了一个化身。

6月2日　星期四

教书我是门外汉，这个职业不似想象中那么简单。秦校长先让我教三年级，相对而言，该年级课程最轻松，小学生已过识字关，又暂无升学压力。可一天下来，仍是说不出的疲倦。倒不是讲课有什么障碍，好歹我名校毕业，给小学生讲自然常识是小菜一碟。问题是你在上面讲，下面窃窃私语，小动作做个不停。初次见面，不好意思训斥，讲讲停停，铃声一响，未等宣布下课，学生们便四处逃窜。

三年级共两个班，上午给1班上课，下午2班也有一堂课，上课铃响时，见她怀抱讲义走来，看了我一眼，把目光偏开，跨进了隔壁音乐教室。

整堂课我心神不宁，临下课前十分钟，干脆让学生们开始自习。

诚如她所言，隔壁没有音乐，只有乐理朗读。宣布自习后，我像一只长脚昆虫在课桌空隙间走动，看似监督学生，其实在聆听隔壁动静。一只隐形挂钟伴随心跳来回摇摆，将烦恼的回声传递至脑际。忽然，钢琴键上跳出的音符像一支小矮人的队伍钻进了耳朵，曲调是耳熟能详的《让我们荡起双桨》。我兀自一愣，明快的旋律或许预示她从悲伤中缓过神来，抑或仅仅是根据教学大纲恢复了声乐课。人的行为并不值得诠释，也不可能参透，就像那个陌生的苏紫，至今让我看不清爱情混沌的面目。

一曲未了，下课铃声干扰了它，教室的气氛懈了，各种童声像蘑菇般长出来，走出教室，她正好也怀抱讲义出来，我紧跟两步，与她并排而行：“第一次听到你弹琴，弹得真好。”

“有段日子没弹，手生了。”她瞥了我一眼，“当老师的感觉怎么样？”

“有点误人子弟，不过我的目的并不是当老师。”

“我看你是自寻烦恼。”她加快步子，上了楼梯。

我们办公不在一处，她与语数外老师在一间，我与美术体育老师在另一间。从二楼向西，她在第二间，我在第三间。

“她本就是要走的。”走进办公室，美术课熊老师和体育课岑老师在说话。

“当初调来是为了爱情，如今待下去还有什么意思呢？”

“你们说谁要走？”我坐下来端起茶杯。

“哦，隔壁教音乐的焦老师。”

“她要去哪儿？”我问道。

“回市区，本就是借调，她舅舅在市教育局当处长，来回调动小菜一碟。对了，你为什么要调来呢？”岑老师问道。

“我喜欢在乡村生活呀。”

“真有闲情逸致，人家可比你崇高，为了爱情。”熊老师说。

“她丈夫在鲁镇中学教书，结婚后她就借调过来了。”岑老师说。

“既然有舅舅这层关系，为什么不把丈夫调去市区呢？”我问道。

“听说她丈夫三代单传，半个东欧阳村都是他家的，可能要守家业吧。”

“所以只能焦老师借调来这儿了？”我自问自答。

“编制并没到县里来，市区娇小姐怎么会在穷乡僻壤待一辈子呢？”岑老师说。

“我看你迟早也会离开这儿的。”熊老师看了我一眼。

“应该不会吧。”我嗫嚅道。

他们面面相觑，交换了一个意味深长的微笑。

6月3日　星期五

为了一厢情愿的爱情，我在棋盘上胡乱落子，事到如今只有悔棋，得想办法离开阴阳浦小学。

当然，这残局和焦小蕻无关。奔三十岁的人了，还像个嘴上没毛的愣头青行事莽撞，哪怕稍打听一下焦小蕻的背景，也不至于处于今天的被动境地。

又是漫长一晚，床席上盘腿而坐，猛吸烟，几只破帐而入的蚊子东飞西撞，辛辣的烟雾使我泪水充盈，干脆离开床，击打停在墙上的蚊子。

刚粉刷一新的墙面留下了艳红梅花，当第一抹日光透进室内，我在窗户上按下手印，蚊子的残骸留在窗玻璃上。淡黄色的晨曦令窗玻璃旋转起来，形成朝霞般的妃色，意识到那是我的血迹，人突然变得清醒，这也是常有的情况，类似精气神的回光返照，想迫不及待吞咽新鲜空气。

上午没课，从墙上取下鱼竿走出校门。穿过静寂的老街，又走了一程，站在河边，空气过于新鲜，负离子侵占大脑产生了醉氧。

顺着一小堆潮湿的排泄物，很快找到了一条蚯蚓，用钥匙圈上的折叠剪一剪为二，将断体勾在鱼钩上，钓竿慢慢探入河面，瞬间漾出涟漪。

剩半截在地面扭动，若就此不去管它，没多久就能重新长成一条完整的蚯蚓，跟没受到过伤害一样。

忘记带小矮凳，在一块秃石上坐下。垂钓须专注水面变化，得暂时抛开杂念。运气不错，河水划出一道细长的波光，鱼线一沉，凭经验，是个大家伙。

鱼在水里力气很大，硬拽的话鱼线易绷断，鱼竿质量不好的话也可能折断——上次钓那条五十三斤重的鳡鱼，还差点被拖下水——所以要耐住性子迂回，通过收放消耗其体力，有时要跟着跑，它游累了，再往回收，如此往复，直到它精疲力竭。

这个过程叫作遛鱼，听上去跟遛鸟一样悠然自在，其实丝毫马虎不得。周旋了足有一刻钟，有时迫使我跑出去十几米，有时将它拖回几米，被拉锯战累得气喘吁吁，好奇心驱使我想将它拽出水面，能感觉它一直往深处游，突然它发力了，我一个趔趄，跟着跑出去，一直跑到阴桥下坡处，被一根老藤绊倒。

鱼竿从掌心脱手飞出，挂在一簇灌木上。桥上有人惊叫，好大一条水蛇。我爬起来看，果然是一条暗黄色的大水蛇，被鱼竿的弹力拎出了河面。目测不少于四米，犹如一条蟮王。顾不得膝盖疼痛，去抓鱼竿，悬在半空的水蛇剧烈扭动着，鱼线断了，它扑通掉进水里，甩了一下蛇尾，游走了。

6月4日　星期六

很久没做蛇标本了，昨天差点生擒一条，却眼睁睁看它掉入河底，不免沮丧。

一个真正的标本师，同时也应该是一名猎手，具有在野外捕获活物的能力。敬师傅年轻时学艺，跟着父辈去过很多山川，掌握了捕捉野生动物的方法和窍门。在我们师徒相处的这些年里，有过三次远途捕猎的经历。最早一次是在我高一暑假，师徒两人前往，历时十天。大四起我在自然博物馆实习，师傅带上了四位师兄，一行师徒六人，在野外两个多月，是人数最多历时最长的一次。最后一次是工作后第二年春天，去了金堡岛，共四人，主要任务是捕捉过境候鸟。

因为《野生动物保护法》的实施，捕猎在法律上是被禁止的，但像自然博物馆这样的单位，可以向林业部门申请特批，理由无外乎研究和展览需要。比如说馆藏有两只锦鸡标本，须补至五六只才能展示族群效果，这种情况就可以申请捕杀。也不是每次都能如愿，即便获批，也是较普通的禽与兽，像大熊猫、金丝猴、华南虎这样的濒危动物，说破天去也不会被准奏。

这三次捕猎，收获最大的是第二次，脊椎类、爬行类和两栖类均有采集，在敬师傅指导下，我亲自捕捉到了獾、猞猁、石龙子，还有蛇。

普通游客喜欢去动物园，在野外环境下遇见动物却会退避三舍，我因为接触标本久了，没什么心理障碍。但对捕蛇有点发怵，理论上知道圆头无毒，三角头或尖锥头有毒，不过静态标本易识别，在山郊野林，游蛇速度很快，有时根本来不及判断。

“先不管它有毒无毒，一律当作有毒，只要胆大心细，捕蛇还是比较安全的。”敬师傅讲解了三种捕蛇方法。

最常见的是棍压法，用两根竹竿（或木棍），一根压蛇身，另一根压蛇颈，眼明手快捏住七寸，另一只手握住蛇尾，放入蛇笼。

和棍压法类似的是Y杈法，不同在于，要找到一根Y形桠杈，顶部扎一绳子，利用开口将蛇颈固定住，得手后顺势将蛇绑在桠杈上。

前两个方法适用于地面爬行的蛇，遇到进攻状态或盘绕于树上的蛇，则用索套法。预备一根竹竿，考究一点用中空塑料管，将弹性好的绳子穿进去，做成抽拉式活套。设法绕到蛇后，套住蛇颈的同时拉紧活套，即告功成。

成行前，敬师傅将获批采集的动物清单写在小本子上，捕获一项就用笔勾掉。为避免被视作非法狩猎者，先拿着林业部批文和单位介绍信去当地林业部门备案。敬师傅多次到过这些山林湖泊，熟悉地形，对野生动物习性的了解也不逊于猎户，能通过粪便和遗落的毛发判断动物踪迹。

野生动物行踪捉摸不定，抓捕清单中可能的遍寻不见，不在计划中的则有可能突然出现在面前。敬师傅很少临时改变主意，任由那些不速之客自行离开。有时为追踪目标，要循着野草间的足迹或新鲜粪便搜寻数日，确实是艰辛的工作。

敬师傅教我捕蛇，发现我面露怯意，笑道："人之所以觉得毒蛇比野兽更可怕，是因为毒液，不用害怕，我带着解药呢。"

一听有解药，恐惧消了大半。接下来的几天，我用棍压法捉到了七条蛇：三条乌梢蛇，两条灰鼠蛇，一条响尾蛇，一条眼镜蛇。前五条无毒，后两条有毒。敬师傅说："刚开始捕蛇，不必三种方法都尝试，先将一种用熟就好。乌梢蛇和灰鼠蛇是常见的无毒蛇，可以先学着捉。"他再次提醒我，"把所有蛇都视作毒蛇，眼手同步。"他手把手示范，用棍压法抓了一条灰鼠蛇，然后放走，我如法炮制再度将它捉住。首次成功令我信心倍增，陆续又抓获几条，最有成就感的是逮到了眼镜蛇。

虽然之前已捕获一条毒性很强的响尾蛇，不过当看到那条蟠团在岩石下的眼镜蛇时，心头还是一凛。刚试图接近，它已警觉地竖起上半身，颈部的兜帽膨开呈饭匙状，长舌吐芯，发出呼呼之声。敬师傅在一旁，也提着两根木棍，低声说："不要正面进攻，它能喷毒液，你旁开一步。"

敬师傅话音刚落，我已挪步伸出木棍，从侧面飞快地压住蛇身，另一根木棍紧跟着压住了七寸。动作完成得很流畅，背上却沁出一层冷汗。准备将猎物放入蛇笼时，却发现蛇身已软。原来第二根木棍用力过猛，不是压，而是砸在了七寸上，可怜的眼镜蛇当场死了。

在野外采集的动物，因运输条件限制，一般只保留皮囊，即便当场不死，捕获后也立刻宰杀，肉被剔除，成了野炊时的美味。

我像个外科医生，将眼镜蛇捋直，腹部朝上，用随身携带的瑞士军刀剖开，先摘除内脏，再反剥令骨肉脱离背部，蛇体一截为二，前段到头部断开，挖去眼仁，后段蜕至尾部，两段红得透明的蛇肉便与蛇皮彻底脱离。这个过程中，差点出了意外——蛇的神经系统发达，死后还保持相当久的活力——在断开头部时，眼镜蛇的上下颚突然咬合，幸好及时抽手，否则被咬一口，毒性和活蛇一致。

蛇皮在酒精中浸泡一晚，次日取出，河水使变硬的蛇皮回软，晾干后用明矾涂抹内层，简单的防腐处理就完成了。

一堆枯树枝正在噼里啪啦烤一只被剥了皮的原麝，旁边临时垒起的土灶上，蛇肉被扔进了铝锅，一路行军，锅体已被烧得墨黑。加入甘冽的泉水，煮沸撒些盐，揭开锅盖，香气弥漫在葱翠的山林。

敬师傅拧开军用水壶，师徒们轮流喝一口白酒。酒到酣处，敬师傅乐呵呵地看着我说："你知道么，我压根就没解药。"

我一惊："那万一被毒蛇咬到岂不完蛋了？"

敬师傅夹一块蛇肉放进嘴里："你这不活得好好的。"

正说着，不远处的河滩出现了四只河麂，敬师傅朝枪法最好的严松师兄使了个眼色。

随着枪声响起，河麂们惊吓逃窜，其中一只成年河麂，歪斜几步，栽倒了。

我和师兄们跑过去，将还在痉挛的河麂扛过来，它前胸中弹，血从分币大的枪眼里冒出来，敬师傅端了只搪瓷杯，接了半杯血，扭头对我们说："知道为什么被毒蛇咬了会死么？看我做个试验。"

我们就暂时扔了河麂不顾，看敬师傅用树枝将那条响尾蛇从蛇笼里挑出来，说也奇怪，毒蛇在他手里就显得很温顺（说呆头呆脑也可以），任由擒了七寸，像被按了颚边的某个开关，大嘴自动张开了。

敬师傅将尖牙磕在杯沿，橙黄色的毒液犹如泪滴淌入泛着红沫的河麂血里。敬师傅一边将蛇放回蛇笼，一边慢摇搪瓷杯，手势就像美国电影里酒保在配制鸡尾酒。

一会儿，尚有余温的河麂血凝结成了果冻状，敬师傅说："你们看，蛇毒进入血管后，血液很快就流不动了，这就是死因。"

大家面面相觑，觉得既诡异又神奇。

捕猎归来，除了要完成獾、猞猁、石龙子的制作之外，还被分配到原麝和豪猪。这是我在自然博物馆工作量最大的一次标本制作，持续了一个多月。

对蛇标本的工艺我不陌生，之前做过几次，大部分是敬师傅从菜市场买的无毒蛇，给徒弟们练手用的。这次因为是亲手捕获，做标本时的感受不一样。填充眼镜蛇时，想到差点被它的尸体咬了一口，不免心有余悸。用尖头老虎钳折了两段铅丝，一段探至尾部，一段穿入颅腔。随后用钳尖铰紧铅丝，置入长竹条，将混合了防腐粉的细木屑也填塞进去。

整形时，脑海里出现了眼镜蛇攻击我时的怒容，调整了多次，终于将这个姿态凝固在时间里了。

6月8日　星期三

吃过午饭，正在宿舍翻书，有人敲门，打开一看，居然是焦小蕻。

"我来是准备告诉你……"她扎着马尾，穿着第一次见到她时的那条烟灰色过膝长裙。说实话，我很少记得别人穿过什么，为此还被苏紫数落过："你是不是有衣盲症呀？这件衣服我都穿过好几次了。"我问过一些朋友，发现女性对衣服和发型记忆力很强，男性则普遍不敏感，而在方向感上恰恰相反，男性善认路，女性则路盲居多。由此可以看出，男女是两种不同生物，思维不在同一条跑道上。

我放下手里的闲书，等她将话说完。

“怎么说呢，得承认你影响了我的生活，虽然你是自作自受，可我就这样不辞而别，多少会有点不安。”

“这么说你要调走的事是真的?”

“世阁不在了，待在这儿还有什么意思?”

“调去哪儿？当然，你也可以保密。”

“你这么执拗的人，瞒你想必你也会打听到，市立模范小学，还是教音乐。”

“什么时候走?”我发现自己就像个笑话。

“就这几天吧，县教育局调剂了一名音乐教师，办完交接就可以走了。”

我将目光投向窗外，视野中有疏落的树，和两只掠过房梁的飞鸟。

“如果是下棋，你应该知道我下一步怎么走。”

“没猜错的话，你会悔棋。”

“尽管道义上很说不过去，也没更好的棋可走了。”

“你把自己给将死了。”

“是啊，怎么给秦校长说呢?”

“残局只能你自己去解。”

“我这就去找秦校长。”

“你这人怎么老是心急火燎的。”

“既然决定离开，宜早不宜迟，拖得越久越被动。”

“依我对秦校长的了解，她未必会同意放人。”

“其实调动手续还没办完，实在不行就把档案转回户籍，辞职干老本行。”

“听说你之前是自然博物馆的标本师对吧？”

“还以为你对我一无所知呢。”

“你调动的事动静闹得这么大，聋子也会听到一些传闻。”

“马上我就要成为出尔反尔的小人了。”

“但愿你别被秦校长碰一鼻子灰。”

其实不用焦小蕻提醒，我也知道秦校长会大光其火。敲门之前，我深吁一口气。一张略带倦意的脸，看见是我，露出和善的笑容。

“找我有事，欧阳老师？”她拢一拢斑白的鬓发，“进来吧，坐下说。”

“上了一段时间的课，”我在一只破沙发上坐下，“怎么说呢，没我想象中简单。”

“开始有点不习惯正常，乡下孩子野惯了。”

“看人挑担不吃力，自己扛上了才知道分量，也许我不适合当一名老师。”

“万事开头难，我们都曾经历过。”

“秦校长，我的意思是，我还是放弃吧，免得误人子弟。”

“你要走？”秦校长敛起笑意，“当初劝你细思量，你坚持要来，县教育局相当重视，准备作为典型事迹宣传，这事已超出了我校的权限。”

“是是，都是我不对，没考虑周全。”

秦校长冷冷地盯着我，好像我脸上有只蜘蛛，恨不得伸过手来把它捏死。

“不对，我一直觉得你的调动蹊跷，肯定另有隐情。”

“没什么隐情，”我避开了她的注视，“就是不想误人子弟。”

“你没说实话，虽然不知道你动机，但绝没那么简单。”

“这事确实给您造成了麻烦，我低估了教书的难度，辜负了母校，对不起。”

“才上了几天课，不觉得结论下得太早了？”

“虽然没上几天课，但我知道自己不是这块料。”

“一定要走，也留不了你，肯不肯放都在县教育局，看你怎么说服他们了。”

回到宿舍，墙上鲜艳的梅花变成了褐色，像锈掉的图钉斑。窗玻璃上的血手印停着几只苍蝇，挥了下手，它们飞开，须臾，又飞了回来。

6月11日　星期六

虽向秦校长口头辞了职，却没立刻停止教学，给县教育局写了终止调动的申请。阐明了我的想法，也表达了歉意。

知道机关办事拖拉，要是十天半月没回复，就去一次。

下午给三（1）班上了堂课，回办公室放好讲义，准备去宿舍。两个搬运工将钢琴从音乐教室搬出来，为避免磕伤油漆，套上了丝绒质地的黑色钢琴罩。焦小蕻撑着雨伞，正和秦校长说话，扁豆在离她不远的地方蹲着。

我冲她仓促一笑，在房檐下站定，微凉的雨是从晌午开始下的，细且疏，是那种不会打湿衣服的雨。钢琴被抬上车，正是上次给我搬家的那辆厢式小货车。转头去找那张下巴有荷叶般肥肉的脸，果然在驾驶室，一边嗑瓜子，一边朝车窗外啐壳。

钢琴被平稳地放在了车上，两个搬运工爬进了后厢。

“你就这么走了，真过意不去，学校该开个欢送会。”秦校长说。

“秦校长别客气，复习迎考阶段很忙，不必搞形式，心领了。”

“有空常回学校看看。”

“会的会的。”

秦校长离开前，朝我白了一眼，我装作没看见。

焦小蕻收拢伞，朝我走过来。

“我要回市区了。”她站在我跟前。

“我以为钢琴坏了要去修呢。”

“不是，这琴是我借给学校的。”

“你这老师不错，教学还提供器材。”

“是我结婚前用的，放在娘家也是闲置，再说用自己的琴顺手，就搬过来了。”

“那你搬走了，学校上音乐课怎么办?”

“学校原来有架旧的，调试后勉强还能用。”

“调动手续办完了?”

“我是借调，编制一直在市区。对了，你跟校长说了?”

“说了，她现在对我意见可大了，刚才还瞪了我一眼呢。”

“你这是自作自受。”她嘴角溜过一丝偷笑。

胖女人把脑袋探出车窗：“喂，走不走啊?”

“这就走了，”焦小蕻朝厢式小货车走过去，“扁豆你过来。”

扁豆听到招呼，懒洋洋地踱过去，一副很不情愿的样子。

焦小蕻将它抱起，坐进驾驶室。

“等一下，今天正好周末，我搭车一起回市区吧。”我临时起意道。

“那你坐在后厢，驾驶室只有两个座位。”胖女人啐了啐嘴里的瓜子屑，一按喇叭。

“没问题，我去后厢，帮着扶钢琴。”

“住哪儿? 到了好叫你。”胖女人问道。

“东映小区，靠近角王大街。”

“巧了，你们都住角王大街，一头一尾。”胖女人对焦小蕻道。

焦小蕻没吭声，我走到车后，搬运工甲伸出一只手将我拽上去。钢琴放在教室里没觉得大，放上车才发现很占地方，三个男人基本没腾挪的位置了。

雨慢慢大起来，雨点滴滴答答砸在头顶的铁皮上。视野投向渐行渐远的景深处，水声涌进耳朵，几乎将脑袋撑破。不是此刻的雨，而是只有我一个人能听到的水声——和雨篷外的雨没有关系——它的光临无规律可循，水的剧烈声响在耳畔轰鸣，有时持续五分钟，有时如同持续了一万年。实际情况是，我处于清醒的昏迷状态，根本不知过去了多久，所谓五分钟或一万年只是臆断，就像丈量梦境，会发现瞬息能完成非常复杂的情节。

头痛尚不是最坏的症状，在磅礴的水声中，按捺不住呼喊的冲动，只有狼嚎般的嘶鸣才能缓解耳朵里的炸裂。理智告诉我，驾驶室里坐着焦小蕻，必须将呐喊吞进肚里，其煎熬莫过于柴油灭火。

厢式小货车奔跑在通往市区的公路上，压力从喉咙口顶上来，努力通过憋气来抑制呐喊的冲动，强烈的压抑令我产生晕厥，本来蹲着扶住钢琴，一屁股跌坐下来。

恍惚中被人推搡："醒醒，东映小区快到了。"

"到哪儿了?"我揉揉眼睛。

"睡得可够死的。"搬运工甲道。

"睡觉还不安生，梦话说个没完。"搬运工乙附议。

“说什么了?”我一紧张。

“咕里咕嘟听不清。”搬运工甲道。

厢式小货车停在一棵行道树下，下车走到驾驶室窗口前，焦小蕻举起扁豆的胖爪子摇了摇，用这个俏皮的方式向我告别。

“留一个你的拷机号吧。”我意识到，就此别过之后，不太容易见到她了。其实也是顺口一说，并不奢望真要到号码。没想到她爽快地答应了!“128－247689，不过我不一定回的呀。”

将数字默记于心，看着渐渐驶远的厢式小货车，心想，不回何必留号码呢，还是会回的吧。

站在雨过天晴的街口，耳朵里的水声消失了，好像从未出现过一样。

在楼道门口，没立刻上楼，踌躇是否要给焦小蕻发条信息。东映小区的公用电话站走过去要十几分钟，所以我一般会偷懒借拐角音乐茶座的吧台电话——照理电话是不对外开放的，但我和老板娘宋姐是熟人。

拐角音乐茶座与小丽花店隔了四间门面，中间分别是一家不具名杂货店、爱学习文具店、王胖子馒头铺和戴记裁缝店。音乐茶座开在拐角，这是它名字的来历。推开茶座的对开式铁门，电话机就在吧台齐肩高的挑空横板上，我朝里张望，宋姐刚好把脖子仰起来：“晓峰，你好久没来了。”

“嗯，快两个月了，借一下电话可以么?”

“真见外。”她朝我瞪一眼。

我给焦小蕤发了信息：我到家了，谢谢你的顺风车，抽空一起吃饭。

宋姐已绕出来，她的长脖子总令我想起跳小天鹅的芭蕾舞演员，若不是那粒黑痞子，堪称完美的颈部。她比我大四岁，三十多岁的女人颈部没什么折痕，脸也很光洁，若不是长期待在不见阳光的室内血色略显不足，算是驻颜有术了。

“请谁吃饭呀?”宋姐在我手臂上拧了下，她喜欢把指甲修得又细又尖，涂上一种透明的指甲油。

“一个同学。”我随口说道。

“女同学吧?”她口气中有咖啡微苦的味道，“也不知道来看我了，没良心。”

坐下来聊了一会儿，拷机响了，不是焦小蕤发来的，是父亲的一条信息：晓峰，标本工场将你的一封信转来我处，明天有空的话来家取，顺便一起吃个饭。

我回复道：好的，明天见。

又坐了一会儿，进来两个客人，焦小蕤的信息还没来，起身准备回家。宋姐凑到我耳边：“晚上打烊了去找你。”说完，跑去招待客人了。

6月12日　星期日

依然下雨，打开凉飕飕的窗户，冷意往鼻子里钻。昨晚没怎么睡好，老工房隔音差，邻居好像在击墙抗议——也可能是幻听——去捂女人嘴，她偏过头，故意恶作剧加重了喘息。小床嘎吱扭动，她颈部的那粒黑痦子漫漶成一只巨蝇，使我产生拍死它的冲动。灯在天花板上亮着，动物标本和防腐剂杂糅的气味掩盖不住情欲的气味，小腹满胀的力量比窗外的雨雾更充沛，令我喘息加重。

天没亮，宋姐把我胳膊掰开，我触碰她后背，她软过来，趴在我耳边轻语："我得走啦，给儿子做早饭。"我睡眼蒙眬，握住她的手折在腰后，她整个人俯上来，哺乳过的胸像漏水的布袋，桑葚般肥大的乳头突兀在松垮的乳房上。那个瞬间，我想到苏紫不大却匀称的乳房，和俨如蓓蕾的玫瑰色乳头。进而想到焦小蕻，她的身材跟苏紫酷肖，一定也有紧致得如同还在发育过程中的裸体。

男女交媾，看起来是欲望驱动，其实是美感驱动。美感滋生欲望，欲望也因美感的丧失而消融，积雪般蔓延的美感，白茫茫无边无际，一只欲望的豹子，凌乱地踩出黑色足印，隐遁在毛孔深处。

宋姐拢一拢头发，系上胸罩搭扣，包裹起来的胸部显得饱满，乳沟犹如深谷。穿戴整齐时，少妇丰腴的曲线比少女还要诱人，我敢断定，盘踞在音乐茶座里赖着不走的那些狂蜂浪蝶就是冲着她而来。记得第一次与她缠绵，脑袋埋在她怀中，她轻抓起我的头发，叹息道："想当初我的胸多好看啊，又圆又挺，生了小孩就丑得不行，连我自己都嫌弃。"

她嘴里残留着昨夜的酒气，轻轻把我推开："别闹了，你再睡会儿，我真的得走了。"

我松开她，左臂顺势搭在床沿，只听门锁一扭，她踩着高跟鞋出去了。

抱起枕头睡回笼觉，天光大亮时，挣扎着起床。漱洗完毕，去父亲住处。他单身时，我们处得不错，多年父子成兄弟，常喝点小酒。他和卫淑红结婚后，我再没回去过。

其实并不反对他结婚，母亲病逝那年，我还是小学生。他一直未娶，我是开明儿子，成年后陪他喝酒时常怂恿他找个伴。可我再开明，你也不能把我女同学娶回家吧？虽然我可以像过去那样对卫淑红直呼其名，可辈分不对了，无论叫她什么，事实上她是后妈，这让我情何以堪。

除了这个心结，我们并无芥蒂。我知道，和父亲迟早会和解。弗洛伊德说，儿子天生有弑父情结。话虽刺耳，确实阐述了一种奇怪的关系，既惺惺相惜，又暗怀角斗。从男孩变成男人，首先挑战的就是父亲，而逐渐老迈的父亲，最看重的也是在儿子心目中的尊严。一个要打破偶像，一个要捍卫父威，这种较量将盘桓在两人之间很多年。父子之间，母亲无疑是最好的调和剂，但母亲已提前退场。

和父亲闹僵的这几年，想起过往父子间温馨的细枝末节，难免伤怀。有时会想起祖母的话，血缘是最牢固的纽带，再怎么撕破脸，还是打断骨头连着筋。父亲再婚时，祖母已糊涂，她一辈子在阴阳浦乡下务农，一天私塾没读过，肚子里却有说不完的故事。夏天的晚上，我和堂弟端着小板凳坐在她身边，听她讲天上的神仙，林间的狐仙，水里的蛇仙，每说完一个故事，会总结一个对人生的看法。人世间的道理就那么多，像祖母这样的村野老妪，活久了也能看得细致入微。

卫淑红正在上菜，她是天然卷，当了主妇，头发蓄起来，垂肩的大波浪，很有女人味。

大学时她是假小子，总穿短打牛仔夹克，圆摆衬衫也不束进裤腰里，任由下摆包住臀部。记得那天晚自修时间，我们几个校话剧社骨干聚在教室，商议彩排《哈姆雷特》，一个短发姑娘带着两个女生过来，双手叉腰劈头道："看到你们招募海报了，缺奥菲利亚?"

"你演不了奥菲利亚。"老鹰懒洋洋回应道，这家伙一张异族面孔，眼眶凹陷，一只阴险的大鹰钩鼻，是饰演克劳迪斯的最佳人选。

"我对奥菲利亚没兴趣，我要反串克劳迪斯。"短发姑娘说。

"我才是克劳迪斯。"老鹰乜斜了她一眼。

"那我反串雷欧提斯吧。"短发姑娘语气有点烦躁。

"你对莎翁的这部戏很熟啊。"我在一边插话。

"那可不，高中我就把莎士比亚四大悲剧都读完了。"

"为什么喜欢反串，不演女角呢?"我问道。

"我这大大咧咧的样子能演娇小姐么？这位才是现成的

奥菲利亚。”短发姑娘指了指身边那个长发大眼的女生。

这就是卫淑红给我们留下的第一印象，接触多了，才知是表象——她气焰嚣张的毛遂自荐给话剧社成员留下了深刻印象，不过，她也确有表演天赋，演起那个经不起挑唆的雷欧提斯来，除了声线较细，还真看不出是女扮男装。她带来的那个“奥菲利亚”，就是后来成了我女朋友的苏紫。另一个戴圆框眼镜的女生叫钱丽凤，后来客串过几次女仆的角色，漂亮女生边上总有个丑姑娘，就像天生的配角，自甘从属地位，卑微地烘托着同伴——卫淑红和我同系不同班，苏紫是化学系的，两人之所以玩在一起，因为是高中同学。进入剧组后，我们利用业余时间排戏（条件所限不可能排全剧，只排几场著名的折子戏），作为导演兼男主角哈姆雷特，读剧彩排的现场就是我的近水楼台，苏紫是我喜欢的类型，第一眼就心仪于她，她属于慢热，我也颇有耐心。卫淑红戏份不多，大大咧咧，喜欢笑场，但那只是硬币的一面，时间久了，呈现出另一面，她会一个人躲在角落，眼里藏着无尽忧思，飒爽英姿不知哪儿去了。

苏紫话也不多，不过和卫淑红不同。卫淑红情绪化，时而人来疯，时而如倦猫，苏紫则永远是宠辱不惊的样子。

老鹰在追卫淑红，一直没进展。一度他怀疑我也喜欢卫淑红——这从一个侧面说明我追苏紫追得很隐蔽——对我冷言冷语挖苦刁难，我能明显感受到敌意，却不知症结出在哪儿，他翻脸道：“你喜欢卫淑红就挑明，别阴不阴阳不阳在背后说老子坏话。”

我这才明白敌意从何而来，驳斥道：“老子压根没说过你半句坏话，人家就从没在我面前提到过你，你他妈的单相思，追不上别赖我。”

“你别装无辜，指不定说了我多少坏话。”老鹰被室友拖到一边去了。

这一闹，我和老鹰争风吃醋的事很快传开，晚上，几个要好的同学拉着我和老鹰在夜排档设宴和解，卫淑红的女侠气概又附体了，带着钱丽凤跑来兴师问罪：“听说两位帅哥在追我，太有面子了。先声明，我对两位没兴趣，对你们这桌小屁孩都没兴趣。”

说完，拉了下钱丽凤袖口，扭头走了。

我瞪了老鹰一眼：“这下好，变成我也追她了，跳进黄河也洗不清了。”

老鹰摸摸大鹰钩鼻，自嘲道：“人家对一桌小屁孩都没兴趣，喝酒喝酒。”

边上有人劝酒：“事是你惹的，害得兄弟们陪绑成了小屁孩，自罚三杯吧先。”

有人附议：“必须自罚三杯，你们说这卫淑红和我们差不多大，怎么叫我们小屁孩。”

老鹰仰脖喝了一杯：“罚就罚，你们不懂了吧，女生就是心思多，看同龄男生都是傻小子，喜欢成熟老男人。”

有人附议：“没错，我表姐去年就嫁了个老男人，大她一轮呢。”

“大一轮？整整十二岁，弗洛伊德管这叫恋父情结。”

那段时期弗洛伊德与尼采是校园热门，不管什么学科的学生，都赶时髦买一本《精神分析引论》或《悲剧的诞生》，动辄来一句“上帝死了”。

那同学的表姐找了个大一轮的，我父亲却比卫淑红大了两轮，他们什么时候在一起的，之前毫无征兆。闻听婚讯时，我以为耳朵出了问题。卫淑红是大三实习期间认识我父亲的，那年科技大学在自然博物馆实习的就我俩，我在标本工场，卫淑红在脊椎动物研究部，导师正是我父亲。

虽然我知道，师生恋很常见，比如鲁迅和许广平，比如沈从文和张兆和，可发生在父亲身上，对象又是同校女生，还是说不出的别扭。他们肯定也感受到了世俗压力，没办婚礼，领证后给同事们发了一圈喜糖，算是敬告周知。卫淑红搬进来之前，我从父亲那套单位分配的二室一厅搬了出去，开始租房独立生活。

卫淑红摆放碗筷的手势颇像一名合格的主妇，从自然博物馆离职前，我们偶尔在食堂相遇，彼此会错开眼锋，实在避不开就笑一笑。大学毕业后，她如愿进了自然博物馆，正式成为父亲的助手。钱丽凤去了肉联厂质检科当化验员，苏紫留校读研，值得一提的是老鹰，在音乐茶座或酒吧当驻唱歌手，艺名肯尼·罗杰斯，专门翻唱美国乡村歌曲。

卫淑红看见我进来，转身道：“汉荆，晓峰来了。”

她竟直呼父亲名字，转念一想，不这样叫又怎么称呼，难道叫老公？在我听来岂不更加刺耳？

父亲在炒菜，厨房狭小，转身快了额头会碰到吊橱，父亲说："信在五斗橱上，洗个手准备吃饭。"

我去取信，信封上写：

市自然博物馆标本工场

欧阳晓峰 先生　收

金堡岛一叶渡9号　羊一丹缄

看到"金堡岛"三字，心里一咯噔。这座本城管辖的海上飞地，岛上有座叫虎皮山的死火山，一条金瀑半山腰悬挂下来。太阳照在水帘上，如同金缎子。环绕金堡岛的水域，有丰富的水产资源，尤其盛产金枪鱼。清朝末年，岛上美景渐被外界所知，慕名前往者越来越多，先是搭乘渔船上岛，后来修了客船码头，开了航线，有了定居者。

端详信封上的落款，努力回忆，想不起认识这个羊一丹，信纸上的笔迹娟秀，应是女性所书，刚准备拆，父亲端着热气腾腾的茄汁鳜鱼过来："先吃饭吧，吃完再看。"

将信封对折，塞进牛仔裤后袋，洗完手回到餐桌时，父亲和卫淑红已落座，像有股不均匀的风在三个人头顶盘旋。父亲道："今天喝一点，学生送的茅台，一直没舍得喝。"

"好啊，陪你喝一点。"我说。

“那我去拿小酒盅，陪你们喝两口。”卫淑红站起身。

“你酒量我领教过，啤酒当水喝，不过没见你喝过白酒。”

“女人要么不会喝酒，会喝就是海量。”父亲说。

“好汉不提当年勇。”卫淑红拿着三只小酒盅过来，刚满上，拷机在我腰间响起来，是焦小蕻发来的信息：扁豆死了，你能把它做成标本么？

我放下筷子：“你们先吃，我去回一下。”

家里的电话是六年前装的，当时我家是小区最早安装私人电话的业主——父亲一位在电信局当领导的同学给开的后门——电话机在窗台上，把里屋门关上，拨通寻呼台，给焦小蕻留下一条信息：可以，下午我去找你，你定个地方。

回到餐桌，卫淑红说：“给谁回信息呀，还特地把房门带上？”

“哦，回给苏紫。”我脱口而出。

“苏紫？”卫淑红吃惊地看我，父亲也愣了一下。

这才意识到口误，忙改口道：“一个朋友。”

吃完饭，卫淑红洗碗，我告辞，父亲送我下楼。

雨将空气过滤得很清新，走在小区路上，父亲说：“最近馆里分房，按职称和工龄，我有增配的机会，本想把现在住的二房换成三房，考虑再三还是要了一间半独用的一室户，你老在外面租房总不是个事，拿去住吧。”

说着从裤袋里摸出一把钥匙，我忙拒绝：“这我可不能要，你不是一直希望有个书房么？”

“家里有只书橱，单位也有两只，够用了，你能有个落脚的地方，我也心安。再说那套三房被抢破了头，早没了。”

“那等你们有了孩子，也得多个房间啊。”

“唉，我这把年纪还生什么孩子。”

“小卫还年轻，她想要吧。”

“先不说这个，对了，小学老师当得怎么样了？”

“我不怎么适合当老师，不准备干了。”

“这事可做得有点毛糙，出尔反尔的，那还是回馆里吧，也不知怎么想的，居然去乡下当教书匠。”

“确实毛糙，不过也不会回馆里了，想自己做个标本工作室，走一步看一步吧。”

“钥匙你先收着，房子离这儿不远，地址回头发你信息。”

“既然这样，我就先住着，哪天你想用，我再腾出来。”

拷机响了起来，焦小蕻发来的：下午三点，红祠小区门口。

6月13日　星期一

昨天焦小蕻迟到了，我傻乎乎守在红祠小区门口，将T恤领子竖起来又放下，起初以为手表出了问题，跑去旁边的公用电话站询问，里面的阿姨说快三点半了。又看了眼手表，心说很准啊。刚准备给焦小蕻发个信息，她抱着一只纸箱走来了，站在我跟前连说对不起，原来红祠小区有两个出入口，短信没交代清楚，她按惯例去了离家近的那个，久等不见我人，才想到可能在这边，赶过来一看果真如此。

扁豆是前天晚上——也就是回到市区的第一个晚上——突然腹泻死的。

“也没吃什么不该吃的东西，要么水土不服，要么就是老了，抵抗力差了。”焦小蕻脸颊泛红，额头有点虚汗，“陪了我很多年，不舍得埋了，做成标本留个纪念吧。”

她把纸箱放在地上，扁豆的尸体在里面蜷缩成圆滚滚的毛球，犹记得它的胖爪被焦小蕻举起来朝我挥，未料就此成了永别。直起腰来，远处有个半露天集市，想到在那儿讨价还价的每个人迟早都要被烧掉，顿觉世界不过是一堆灰烬而已。

“给我几天时间，我会认真把它做成标本。”

“谢谢你，对了，学校的事解决了么？”

“待会儿就回学校，明天周一还有课，走是肯定的，善始善终吧。”

“那标本的事就拜托你了，做完了给我短信，我请你吃饭。”

“你肯赏光吃饭，当然是我请你。”

“那再说吧，”她笑了笑，“先走了，再见。”

“再见。”我抱着纸箱离开，去牛头栅乘近郊专线。向晚时分，回到阴阳浦小学，趴在书桌上打开日记本。我是从转学阴阳浦小学后开始写日记的，起初写追忆母亲的文字，写着写着会流泪，泪水洗刷无尽的思念，也能抚去一些哀痛，慢慢养成了习惯，这种古典的方式不仅可以记录日常，也可以梳理心路历程。没记错的话，这是第六本日记了，我喜欢那种蓝色硬皮加厚本，一本可以写上两三年，追悔莫及的是，我将第五本销毁了，那里面详尽记录了我和苏紫的交往过程。后来我才明白销毁它并不能同时销毁记忆，反倒可能让往事更清晰地在脑际播映。

昨天竟脱口对卫淑红说出给苏紫发信息，这样的口误已不是第一次，每当精神不集中，苏紫这两个字就可能从唇齿间吐出来。说起来，如果不是卫淑红，直到毕业我也未必会遇到苏紫。几千学生散落在偌大校园，又在不同院系，邂逅概率是很低的。我该庆幸和她的相识，还是该祈求一切从未发生？时钟不能倒拨，假设又有什么意义。

想起牛仔裤后袋的那封信，撕开抽出信纸，娟秀的笔迹一看就是女性所书，写信人羊一丹自称是荀原先生（敬师傅原名）旧知，曾听敬师傅说起过我这个关门弟子，她是标本收藏爱好者，曾和敬师傅有过合作，她似乎知道敬师傅失踪了，希望合作能通过我延续下去。如果我愿意，她可以登门拜访，也欢迎我去金堡岛一叙。

我写了回信，说明我已离开自然博物馆，离开的重要因素就是英雄无用武之地，所以对提议很有兴趣，但手头还有些事要处理，暂时脱不开身。如需见面，可来城里。

考虑到可能很快会离开阴阳浦小学，所以我将东映小区作为回邮地址，拿着信封去了趟学校收发室，回到宿舍开始做扁豆的标本。

作为最常见的家养哺乳动物，我已做过无数猫标本，说句不谦虚的话，闭着眼睛都能完成。不过长期的职业训练不允许我有丝毫马虎——敬师傅说过，制作任何标本都要视作世间最后一只——更何况这是焦小蕻心爱的宠物。

哺乳动物大如虎象，小如鼹鼠，除了鲸鱼、蝙蝠这样的特例，基本都是四肢兽，外形虽有差异，制作流程还是有共通之处。将扁豆放在桌上，摊开四肢，在口器和肛门塞入棉花团，用刀片沿胸部至腹部直线剖开，手部力量完全依靠经验，果断而敏捷，不能伤及腹部肌肉，以免内脏外溢。

用镊子夹起皮肤边沿，借助刀片的游走，使毛皮与结缔组织分离，等后腿裸露，在股骨与胫骨交界处做折断处理。两条后肢蜕出后，继续剥离尾部，在肛门内侧切断直肠，要眼明手快，以规避脏血和排泄物流出。

此时，尾椎呈现出来，用镊子抽出完整的尾巴，同时向背部翻转，刀片继续游走，由腰背探至肩胛，刈割两条前肢。

扁豆身躯肥胖，能感受到脂肪与内脏的晃动，焦小蕻若在场，必然捂住眼睛不忍看这一幕。我都能想见她的嗔怪："啊呀，你好残忍。"

就像君子远庖厨，可洞见人性之幽微。

可怜的扁豆已被脱去外套，只有头颅歪向桌面。天色渐暗，我把灯打开，这是难度最大的步骤：刀片紧贴头骨，先将耳道截断，猫耳短小，若是兔子或猪猡，则要将大耳朵里的软骨剔除，否则日后会枯萎变形。刀锋到达暗色虹膜处时须格外小心，这是织补一样的细活，一旦破坏眼帘，就很难还原扁豆的五官神韵，也就是破相了。

小心翼翼摘下眼球，在头骨与口器之间，保留少许唇皮，果断将枕孔与颈椎剪断，取出软塌塌的舌头和豆腐状的脑髓，只剩四肢末节尚未剥离，点了支烟叼在嘴上，手不停歇，从胫部剥至掌部，清除多余的肌腱、残脂与淋巴，烟灰掉在尺骨上也不去管它，直到将皮张完整地揭下来。

褪皮是第一步，接下来是防腐处理，这个环节完成得不好，标本日后会腐败掉毛，从而丧失收藏价值。可用作防腐的材料非常多，某些要公安局批准才能购买，比如砒霜这样的致死物品。某些如福尔马林，装潢材料店就有售，而樟脑、明矾、苯酚和酒精都比较容易获得。通常来说，防腐效果越好毒性越强，在自然博物馆时，虽有危险品领用制度，但每个标本师手里都会有不少囤货，我习惯用毒性很强的三氧化二砷来配制防腐剂，明矾粉也很好用，直接将粉剂或膏剂抹在皮张内侧，反复按揉，明矾会析出新鲜皮张的水分，躯干容易揉捏，头、脸、尾、趾需要耐心，务必照顾到每个罅隙，处理完毕将毛皮翻转复原，稍待阴干后便可填充。

趁这个阴干的时间，从标本工具箱取出一把小铲，在河沟旁挖了个坑，埋了扁豆的肉身。民间有吃狗肉的，鲜有吃猫肉的，据说是肉酸不好吃，也有说猫有九命，太诡异，吃了会魂不附体。

饿意袭来，去老街，一碗面条下肚，急着往回赶，明矾擦拭过的皮张不能搁置太久，一俟干硬，就没法装填了。

取竹丝捆绑四肢胫骨，使之接近腿部原来的粗细，目测了一下脑袋至腹部的长度，将一根2毫米铅丝折成镊形，张开的两尖分别探进鼻腔深处，穿出枕孔，钳住两尖绞圈，继续用竹丝探入颅腔，在头骨后端缠绕并用铅丝捆绑，棉花镶入空洞的眼眶，头骨便固定好了。

撑起躯体有多种方法，我选用的是铅丝支架，贯穿前后肢的铅丝搭出轮廓，就像造房子，在体腔内完成布局，胸腹、关节、尾巴，在构建形体的同时，填充物使标本渐渐丰满，铅丝从脚底穿出，将标本固定在一块木质台板上。缝合之前，还须矫正它的身姿。扁豆在我印象中，慵懒中带着傲慢，随着手指的提捏按揿，它生前的神态还原出来，当我用油泥将义眼填进它的眼眶，除了不能喵地叫一声，简直就是一头活物。

6月15日　星期三

雨声咆哮，和焦小蕻约好今晚见面，有点犯愁怎么移交标本，雨这么大，纸箱一会儿就被淋烂了，扁豆保不成被洇成落汤猫。天气预报说雨转多云，但愿准确。若不停，就弃用纸箱，用雨衣包裹。

听到敲门声，将门打开，没料到秦校长会亲自到宿舍来，身后跟着一名中年男子。两人各穿一件长可及膝的雨衣，面孔扣紧在雨帽里，恰巧一片闪电，耀光下五官斑驳，恍若二战片中的盖世太保。

进屋后，没什么寒暄就直奔主题。中年男子姓朱，是县教育局人事处干事。朱干事明确了县教育局态度，不同意调离，如果一意孤行，就作除名处理。

秦校长在一旁规劝："除名不比辞职，就再也不能进国家单位上班了。"

"为什么焦小蕻老师可以调走，我不可以？"

"情况不同，她是借聘，你是正式调动。"

"就是说，我现在的关系已经在县教育局了？"

"是这样。"朱干事说。

"既然如此，退回我户籍所在地好了。"

"说得轻巧，"朱干事从手提包里拿出一张报纸，"喏，这是昨天的晚报，你自己看看。"

摊开的版面上印着很大一个标题：

放弃城市好工作　乐当乡村教书匠

不用浏览也知道是什么内容，我将报纸一折："你们一贯喜欢树典型，登报根本没经过我同意，跟我没关系。”

秦校长盯着我看，仿佛我脸上隐藏着什么秘密，突然茅塞顿开道：“明白你为什么急着调来，又急着调走，肯定是为了焦小蕻老师，我早该想到。”

“怎么回事?”朱干事问道。

“他调来是为了追求我校一个女教师。”秦校长语气中充满了义愤。

“原来是这样，那性质更加恶劣，我会如实向领导汇报。”朱干事说。

“我承认失信，在此向秦校长表示歉意，也向县教育局表示歉意，但无论你们同不同意，走是肯定的。”我像外交官一样重申。

“如果一意孤行，只有一个结果，除名。”朱干事气急败坏道。

“除名在档案里是永远的污点呀。”秦校长再次规劝。

“你们瞧着办吧，我还有事。”我下了逐客令。

秦校长扭身就走，朱干事尾随其后，很重地摔上了门。

既然翻了脸，也没必要逗留了，开始收拾东西，这次县教育局不会再派厢式小货车来了，得自己联系货运公司。

午后，转晴。抱着纸箱坐上近郊专线，在牛头栅下了车。距离晚饭时间还早，换了辆车，只坐了一站，就到了海虹小区，父亲增配的一室户在小区边缘一幢老式工房的三楼，和东映小区租的那套刚好相反，有单独卫生间，厨房和隔壁合用。其实也不算厨房，就是在过道装了压缩煤气灶和水槽。房间十二三平方米，从后窗可以看见正在拐弯的洗笔江。房子久不住人，墙角织有蛛网，地板用红漆刷过，有一层薄灰，一踩一个脚印。

东映小区的租约其实已过了几个月，因是老租户，我也不拖欠房租，所以房东没急着续签协议。那边住惯了，周边生活配套也熟悉了。不过这边也不错，离红祠小区才三站路，方便追焦小蕻。而且没租金压力，对即将失业的我来说，降低了生活成本。要知道，做标本都是散活，有上顿没下顿，但好马不吃回头草，自然博物馆是不准备回去了。

昨天和焦小蕻短信约好，六点在河岸餐厅见面，餐厅开在一家干休所的沿街，坐在窗边，可看见河对岸的火车站。我把纸箱放在餐桌脚下，抬腕看了下表，离约定的时间还有四分钟，便朝门口看去，这次她没迟到，准时出现在餐厅里，穿着色调淡雅的长裙，胸前佩一枚圆形胸饰，站在我面前："你什么时候到的?"

"也刚到，还没来得及看菜单呢。"

"说好了，今天我请客。"

"哪能你请客呢，能来就很赏光了。"

"那怎么行，标本你也没收钱。"

"对了，你先验收一下，还满意么?"

俯身把纸箱打开，刚把扁豆放在餐桌上，焦小蕻眼眶就红了。

“先放回去吧，看着难受，影响吃饭的心情。”

“生老病死自然规律，扁豆看上去年岁也不小了。”

“嗯，初中二年级在路上捡的猫仔，算起来有十四五岁了。”

“那折算下来就是古稀老人了，死亡不过是和用旧的肉体告别。”

“这话还挺有境界的。”她将菜单推过来，“我不太会点菜。你点吧，清淡一些。”

我叫来了服务生，点了滑炒虾仁、清蒸鲈鱼、素三鲜和上汤菠菜。

“你还真会点菜，都是我爱吃的。”焦小蕻说。

“请问你们喝酒还是饮料?”服务生问道。

“我来瓶啤酒吧，你喝什么?”

“一杯柠檬红茶，热的。”

忽然无话。

柠檬红茶送来了，她撕开糖包朝杯里倒了少许，轻轻用小勺搅拌：“我来猜一下，我是不是很像你以前的女朋友?”

没料到她会主动开启这个话题，我一愣：“你怎么猜到的？佩服你的领悟力。”

“如果没猜错，你还带着她的照片吧。”

“那倒没有。”

“总算知道了这场爱情的来历，”她抿了口柠檬红茶，“说说吧，有多像?”

“还是有不一样的地方，你鼻梁很挺，她带点弧形，肤色也不一样，你要白一些。总体还是很像，亲姐妹谈不上，说是表姐妹都会相信。”

“你们为什么没能在一起?”她搛了一粒刚端上来的滑炒虾仁。

“金堡岛作家被杀案听说过么?”我喝了口啤酒，泡沫很足，微苦。

她点了点头：“你说的是阎小黎吧，读过他的言情小说。”

我就给她讲了个故事。

我和苏紫是科技大学同学，虽都是理科生，业余却都喜欢文艺，一起演过话剧，业余也喜欢写点东西，我喜欢写日记，兴趣主要在标本。她的理想是成为一名作家，写作勤奋，却从不投稿。每当有新作品，就寄给阎小黎。

阎小黎长年隐居在金堡岛，据说寓所周围种满了品种各异的杜鹃，因此他喜欢在小说结尾加上一句，某年某月某日写于杜鹃草堂。苏紫怎么会有阎小黎的通信地址?起初我猜是哪次签售会索取的，后来才知她从未见过阎小黎。又猜可能是写信给出版社转交后联系上的，但也没向苏紫核实过，女孩子都有偶像，苏紫拥有阎小黎全部作品，看熟了，模仿他的笔调写，阎小黎将苏紫寄去的作品用红笔批改后原件寄回，苏紫就将稿子存起来。对她的举动我百思不得其解，作品不发表有什么意义，还不如像我一样写日记。后来我想，也许她仅仅是将写作视为一种爱好吧。再后来，我们准备结婚了，苏紫提出要去金堡岛蜜月旅行，我知道她终于要去拜访阎小黎了。我本来计划去外省的另一个著名景区，既然她开了口，不想扫她兴。

抵达金堡岛时阳光普照，码头不远处有条彩虹巷，从巷口进去没几步有家丰收旅店。一栋五层的沿街小楼，我们住在307房，站在窗口，可见虎皮山和半山腰壮观的金瀑。旅游手册上说，金瀑下方的月湖其实是金堡岛的泉眼，深不见底，直接入海，水下地貌复杂，严禁游泳。湖边插着不少警示牌，但总有逞能者，还有自杀者，落水后均不见踪迹。偶有被救起的，都一个口径说被一股巨大吸力吞噬，曾有一对殉情的情侣，被救后说看见一张山洞大的嘴。岛民开始添油加醋，说肯定是万年蛤蜊精，不但能吃人，还能吞下一座城池，还有一种更惊悚的说法，金堡岛就是蜃精肚里的一粒珠子，晚上吃进去，白天吐出来。我很早就听过类似故事，其实就是海市蜃楼来历的雏形。

因为疲乏，我坐在沙发上打盹小憩，醒来时已是日薄西山，苏紫却不在房间里。去前台打听，当班的是个消瘦的中年男人，说苏紫一个多小时前出的门，我第一反应就是去见阎小黎了。心想初次见面，阎小黎一定留她共进晚餐。我就出去买了些即食海鲜和啤酒，抱回旅店一边看电视一边等。当所有频道都打出“晚安”两字，她仍没回来。我生怕出事，想去阎小黎的居处找，去前台问，那瘦男人说：“没听说过有什么杜鹃草堂。”凭着零星记忆，我依稀想起来，阎小黎的信封落款是“一叶渡”。瘦男人说：“有这地方，在岛那一头，白天有直达车，这会儿早就没了。徒步走的话至少两小时，晚上黑灯瞎火没人指点，一个岛外人，还是等天亮吧。”

我对他说：“我未婚妻失踪了，我不能在这儿傻等，店里有自行车和手电筒么？”

我就借了自行车夜骑，开始的路还平坦，越骑越落乡，路灯越来越稀疏，直至完全只能靠手电筒。就这样骑啊骑，越骑心里越绝望，路况越来越差，沿途根本就没有人，不知怎么就骑进了很窄的田间小径，摔倒了，手电筒也没电了。天上亮着几颗孤独的星星，周围是山影和无边的黑夜，没了照明，既不能前行又不能退，只好像鬼魂一样坐在路边，直到晨曦微开。

当我在路人的指点下，赶到一叶渡时，已经是早上九点，之所以骑了那么久，是因为多走了不少弯路。杜鹃草堂门口站满了警察。围观的岛民说，一早有人看见阎小黎背脊上插着一把刀，倒在经常散步的小路旁，死去多时了。

说到此处，焦小蕻咬着嘴唇说：“阎小黎被杀的消息曾在报上登过，案子好像不了了之了。”

出乎我意料的是，警察没在杜鹃草堂发现苏紫的任何痕迹，指纹、脚印或者遗落的头发，都没有，从那天起，我再没见到过苏紫。

“一个大活人就这样没了?”焦小蕻问道。

阎小黎的死和苏紫的失踪是不是有关，是同一个案子，还是完全没关系的两个案子？一直没下文。听上去这不合情理，因为感觉警方的破案率一直很高，再复杂的案子也会水落石出，其实这是错觉，我在阴阳浦小学念书时有个同学叫沈穿杨，后来考上公安学校，虽是中专，在东欧阳村也算有出息的学子。毕业当了警察，分配在市刑警队。前年有个发小结婚，他和我同桌，喝酒时聊到破案率，他趁着酒兴说：“刑事案件的侦破是有概率的，公众之所以觉得破案率高，跟警方与媒体的宣传有关，当然宣传的本意可能是为了给犯罪分子一个警告，给老百姓吃定心丸，实际上有些案子永远就是悬案。”说完又补一句，“别去外面瞎传啊，别人问起来，我可不承认说过。”

“你觉得苏紫会去哪里?”焦小蕻搛了一小块鲈鱼放进嘴里。

“我不知道，我一直在打听她的下落，却一无所获，再后来就在河边遇见了你。”

“不说这些了，服务员，结账。”她抿了一口柠檬红茶。

“我来吧。”我抢过服务员递来的账单，她没坚持，抱起那只纸箱走出去。

“我送你吧。”我跟在她后面，餐厅门口就是车站。

“你别送我了，我抱着扁豆肯定会哭的，好丑。”

“那好吧，我们拷机联系。”

“好的，再见。”

公共汽车来了，车厢好像很空，她朝我挥挥手，上了车。

没有预习与构思，我就那么流畅地编了一个故事，像一个高超的小说家，说的时候自以为一切都是真的，直到和焦小蕻道别，才意识到撒了弥天大谎。

不急不缓往东映小区走，脑子里什么都没想，一种比幻想还不切实际的空虚感令脚步踉跄，不过一瓶啤酒，倒像喝了半坛大曲。全身肌肉松懈了，不想控制脚步的节奏，身姿显得晃晃悠悠。那一刻，特别期望耳朵里的巨大水声涌起，将我击溃在路边的某个栏杆之侧。可当我如此迫切地需要一次晕厥，它反而杳无踪迹了。

脚步变得越来越轻，我几乎要飞起来了。

像醉鬼一样撞进拐角音乐茶座，刚歪在卡座上，老鹰便把我拉起：“给你介绍一下，这是我表姐，姓宋，你可以叫她宋姐。”

眼前的女子穿一袭素色旗袍，白色高跟鞋，和我握了握手：“是弟弟的同学吧？”她往舞台走去，“我正好要登台，回头聊。”

“她是这儿的台柱子，人称小邓丽君，过几天我也能来驻唱了。”

“我说你最近光练歌呢，原来是要来卖唱啊。”

“这是本城最高档的歌厅，你以为阿猫阿狗都有资格登台啊。”

“好吧，肯尼·罗杰斯，是你表姐给引荐的吧?”

“有人引荐也要靠自己实力，来这儿试唱的多了，基本都淘汰了。”

前奏响起，一首《小城故事》，平缓的旋律，不需要夸张的肢体动作，她拿着话筒，身体被旗袍勾勒成一把提琴，我的视线一直没离开舞台。

“别说，你姐真是漂亮，气质也好。”

“那是，从小就人见人爱，不过你小子没机会了，快嫁人了，苏紫那么漂亮，你还不知足。”

“赞美一下而已，没别的意思。”

“拉倒吧，眼睛都直了，吃着碗里看着锅里。”

我反过一把椅子，抱着椅背坐下。老鹰在我边上坐下来：“告诉你一件事，卫淑红是单亲，跟她妈妈过。”

“我早就知道了。”我看到有人给宋姐送了束花。

“那你怎么没告诉我?”

“我又不八卦，再说谁敢在你面前提卫淑红?羊肉没吃惹一身臊。”

“还记得那事呢，小心眼，记仇。”

“我不记仇，怕你又生疑。”

“据说单亲孩子会有心理问题。”

“追不上就说人家有心理问题，你看看我心理有什么问题。”

“你孤独。”老鹰嬉皮笑脸道。

“嘁，”我鼻子里喷出一个不屑，“你姐去后台了。”

“可能去换服装了，看样子你是真喜欢上我姐了，也正常，她和苏紫一个类型。”

“别说，还真是，文雅清秀。”

“我就不喜欢这款，你就不知道她们在想什么，看上去乖巧，其实特有心机。”

“背后说你姐坏话，小心我告密。”

“当面也说她啊，说她假清高，假礼貌，反正都是假惺惺的。”

“你姐肯定气死了。”

“倒还好，她对我没办法，我还是喜欢卫淑红这样的假小子，帅气。”

“卫淑红也特有心思，坐角落里能半天不说话。”

“人总有多愁善感的时候，卫淑红是骨子里帅气，我喜欢。”

正说着，宋姐走过来，手搭在我额头上：“有点低热，扶你去包房躺一会儿。”

这是唯一的包房，没窗户，只有一只嘶哑作响的换气扇，室内有淡淡的霉味，沙发也有淡淡的霉味，侵蚀了宋姐身上浓郁的香水味，我不喜欢人工香精，喜欢她浴后类似青草的体味。我们第一次做爱就在这长沙发上，距离我在歌厅第一次见她时已过去三年，其间她结婚，怀孕，生子，离婚，度过一段酗酒买醉的日子，向生活妥协，开音乐茶座，独自抚养年幼的儿子。

那时我们已大学毕业，同学们各忙各的，已不太见面，拐角音乐茶座开张那天，老鹰叫我们去捧场，我和苏紫都去了，钱丽凤也去了，卫淑红没来。

宋姐穿着旗袍，逢人带笑："欢迎李科长大驾光临。""啊呀金老板你好呀。""小莲姐你好，好久不见越来越漂亮了。"

我环顾四周，约一百二十平方米空间，石膏镂花吊顶，发泡壁纸在灯影中泛黄，每四只软椅围住一只小圆桌，果盘里放了香蕉橘子，左侧是一排半封闭卡座，右侧是吧台区，边上放着两张可拆拼的方桌，居中是歌台，一杆立式话筒像银芦苇安上了铁玉米，别处都铺小方格地砖，唯此处是挑空地板。苏紫对我耳语道："宋姐好漂亮，还这么能干，开这么考究的音乐茶座。"

后来听老鹰介绍，开音乐茶座用完了宋姐的积蓄，还背了不少外债。

"我也没什么积蓄，只能每天来赞助几首歌。"

"那你自己不要赚钱了？"

"歌手不比你们吃皇粮的，一晚上要跑好几个场子。"

"当初你姐不就在一家歌厅驻唱么？"

"也是要跑场子的，不过是有个主场而已。我姐搞这个茶座压力挺大的，你没事也带朋友来坐坐，多买几杯咖啡。"

"会的，我来的几次生意都不错，不过隔音总得想个办法，小区居民老来闹也不是件事。”

“其实真没那么严重，我姐装修时就考虑了隔音，特地换成了加厚的铁板门，营业时门窗紧闭，还是加厚天鹅绒窗帘，来闹的就是那两户家人，我猜是神经官能症，耳朵漏了，听不得一点声音。”老鹰抱怨道。

“我特地进小区听过，说没一点噪声也不客观，但真算不上扰民，世界上总有特别挑剔的人，拿他们没办法。”我说。

“我想过了，下次再来闹，半夜就朝那两家门口扔鞭炮，扔两次他们就踏实了。”

“半夜门口打雷，够狠。”我笑着说。

这次谈话没多久，父亲和卫淑红结婚，我从家里搬出来，借在东映小区。苏紫酝酿毕业论文，有时泡学校图书馆，有时来我处，她家教严，不在我这里过夜，每次送完她回家，跳下夜班公交车，马路对面的拐角音乐茶座如同堡垒，被天鹅绒遮蔽的窗户看不见一丝光亮，推门进去，浓郁的灯光向黑夜涌来，仿佛一面湖水的溃堤。立刻把铁门关上，生怕歌声把居民招来。

茶座经营得不错，很晚了还有不少夜猫子逗留，常有歌手来面试，老鹰没过去来得勤了，他喜欢上了黑人灵歌，更勤快地串场子攒钱，想去美国深造。

宋姐每天还会唱几首，一般都是压台助兴，她一唱，客人们就知道快打烊了。

因为住得近，我总是最后离开，那天晚上客人们都走了，我起身准备出门，宋姐一手拿着葡萄酒，一手拿着高脚杯，从吧台区过来："晓峰，慢点走，陪我喝一杯好么？"

"好啊，难得你有好兴致。"

"吧台上有酒杯。"她坐在软椅上。

我便去拿了高脚杯，走回来斟了少许，她举起酒杯："今天是我生日。"

"啊呀，"我惊讶道，"为什么不早说？大伙儿给你祝贺一下。"

"我不要他们祝贺，陪姐守到零点吧。"

"祝你生日快乐。"杯沿碰杯沿，喝完，她给我斟，又给自己斟，"你比我弟踏实，他是浪子。"

"每个人活法不同，追求理想的方式也不同。"

"你女朋友很漂亮，准备什么时候结婚？"

"早着呢，她还在读书，我也没什么积蓄，过几年再说吧。"

"来，干杯。"她皮肤光滑白皙，高脚杯的反光衬出修剪得很好的指甲，我们边斟边饮，不知不觉将一瓶红酒喝完，她又取了一瓶，将开瓶器交到我手上："今晚一醉方休。"

"这么晚不回家，儿子谁带啊？"我一边起瓶塞一边问。

"你这人真扫兴，"她嗔怪我一眼，"我这么忙，平时都是我妈带。"

我也自觉问得突兀，给她斟酒，她一仰而尽，又给自己斟上，葡萄酒在高脚杯里一晃，她起身有点趔趄，我去扶，她说："你是不是喜欢我很久了？"

"算，算是吧。"我被她问得窘迫。

承认得好勉强。她伸手拉住我，差点撞进她怀里，分不清是谁先碰到对方近在咫尺的嘴唇，她舌尖柔软，浓郁的葡萄酒味弥漫在口腔，仍能甄别出唾液的清甜。

她踢掉高跟鞋，踮着脚尖，推开折墙边的门，我们相拥在包房的长沙发上，那时换气扇尚未嘶哑作响，室内有残存的装修味，沙发有浓郁的皮革味道，没开灯，外面的照明在门口展开一把惨白的扇子，酒气掩盖了她身上香水的味道，脑袋深埋在她胸口，呼吸困难却宁愿享受这种窒息，她喂过奶的乳房松软，桑葚般肥大的乳头失去了少女的稚气，我想起初次与她邂逅的场景，那时候，她一定有着和苏紫一样俨如蓓蕾的玫瑰色乳头，紧致得如同还在发育过程中的裸体。

我将手探进她的裙底，她试图阻止："别闹，你还有点低热呢，喝酒了？"

"喝了瓶啤酒，有点头晕。"

"头晕了还不老实。"

翻身将她压在身下，她喘息了一声，双臂抱紧我，当我进入她体内时，忽然涌起一阵厌倦——搬去海虹小区吧，该结束了。

6月16日　星期四

一早，接到焦小蕻短信：扁豆做得太好了，害我哭了半宿，现在有点后悔做这个标本，不知拿它怎么办才好。

我去小区公用电话站回复：实在看着难受，先寄存在我这儿吧。

房东钱阿姨也住东映小区，走到她家那栋楼时，凑巧她正买菜回来。刚要开口，她先打招呼：“晓峰，这两天正要去找你呢，没想到撞上了。”

钱阿姨告诉我，她在省军区当兵的儿子近期要复员，所以房子不能借了，收回去给儿子住。

她这样一说，我便不用再提退房的事，附议道：“那是应该的，没记错的话，你儿子和我同年吧？”

“对啊，转业回来在工商所上班，你有合适的女同学女同事帮着留意留意，部队接触不到姑娘，他很多中学同学的孩子都会打酱油了。”

“钱阿姨想抱孙子了。”我笑道。

“你也该抓紧了，你以前那个女朋友多好啊，人漂亮，又文静，怎么就失踪了呢？”

钱阿姨这样说，是因为来收房租时见过两次苏紫，我没接话茬，回到母题：“那我这两天整理整理，尽快搬走。”

“不好意思啊晓峰，你这个房客真挺好的，知书达理。”

和钱阿姨告别，骑车去海虹小区，这辆老自行车是工作后买的，城里偷车贼厉害，原来那辆（父亲送给我的大学礼物）在书店门口被偷了，不敢再买新的，特地去淘了辆旧的，平时用大铁链锁在电线杆或过道的栏杆上。

收拾房间花了四个多小时，清理蛛网和垃圾是容易的，难度在擦洗，无论是窗玻璃还是红漆油过的地板，都是越擦越花，尤其是地板，灰垢会长出来似的，至少七八次之后，拖地水才由墨汁慢慢转清。午后去配了块玻璃——后窗是田字型框格，其中一块玻璃裂了，裂缝处用胶布粘着——玻璃店紧挨着是小吃店，叫了碗辣酱面，吃完玻璃也划好了，讨了油泥，回来把它镶上。

站在后窗，从这个角度远眺拐弯的洗笔江，城市的天际线像一首弹错的序曲。此刻，我正经历一场刚开了个头的爱情，能否到达终点并不取决于能一口气跑上多远。没人知道明天，正如没有无名河边的偶遇，我和焦小蕻可能永不相识。如果爱情拥有形状，肯定是一只鸟，披着金色羽毛，头顶皇冠，垂着一条松鼠一样的尾巴，奇异的模样蛊惑人心：华丽却难以捕捉其本质。

凉水擦了把脸，往回骑。东映小区公用电话站始终排队，桌上有《辞海》般厚的黄页，联系了一家搬家公司，说好周六一早搬。

刚离开，焦小蕻回了信息：刚下班，昨晚没睡好，早点回家休息了，寄存的事可以考虑。

我便折回公用电话站，回了一条：后天我搬家，搬完后请你来玩，顺便把标本带来。

她可能就在电话机旁，立刻回复道：好的。再说吧。

分析这条信息，两个词之间，用了句号而不是逗号，我的理解是，“好的”是指把标本带来，“再说吧”是指我的邀请。可未尝不能理解成，寄存扁豆的事再说吧。只有患得患失的追求者才会过度解读对方，说不定她就是顺手一发，根本没怎么多想。不过，女人心海底针，谁知道呢。

6月18日　星期六

抬腕看表，九点零五分，搬家车在弄堂口出现，与约定的时间基本吻合。几乎同时，早班邮递员飞驰过来，停车塞件，飞驰而去——瞥见正将一封信塞进我的信箱，连忙劝阻：“别塞了，给我吧。”

是羊一丹的回信，邮票图案是一名穿旧式军装的军官。从邮戳看，应该是收到我回信的当天就寄出了。趁着搬家车掉头，拆开淡黄色信封，薄薄一张纸，相比信中字迹，签名是经过精心练习的。这是许多人的嗜好，字一般，签名却龙飞凤舞。因为没涂改，纸张十分干净，文句看似一蹴而就，可我宁愿相信是写完草稿后誊写的。

除了寒暄，大致意思是，如果我不反对，她将在下周来拜访。拷机号码128－663391，让我发信息给她确认是否可以见面。

我当然希望见面，把信塞进裤袋，准备抽空给她回条信息。

今天流程略复杂，先将东映小区的家具和生活用品搬到海虹小区，然后去阴阳浦小学拿回鱼竿、书、换洗衣物，以及两只标本工具箱。新住处并不大，那些床橱箱桌没多余面积可放，退给二手商店的话，基本是废品价，刨去运费所剩无几，还是扔在宿舍算了。

昨天打了一天包，一些遗落物借此重见天日，一把梳子，一只不锈钢汤勺，几本卷起来的书，最多的是硬币和角票。书柜底部掏出一团织物，是一根两米多长的丝巾，脏污之前，它是蟹青白，丝绸细腻的质地容易折光——有时呈玫瑰灰色，有时呈藕色——印着墨色的工笔枝叶，点了几粒朱红色花苞。这是入职自然博物馆后，用第一个月工资给苏紫买的礼物，同时给父亲买了两瓶好酒，给祖母买了她最喜欢吃的蜜枣和云片糕，就基本花完了。

苏紫很喜欢这条丝巾，她有很多系扎法，用得最多的就是随意绕在脖子上，让尖形下摆垂在腰间，丝绸的沉坠感经过胸前，起伏成曲线，我就把她搂过来，脑袋埋进去。她胸不大，和纤瘦的体型匹配。大四时我第一次看见她乳房，那时我们已相恋半年，有过洗笔江边的牵手，有过电影院的接吻，在校园初秋的树林，我尝试解她胸罩，紧张得掌心出汗，她小小反抗了一下，让我得逞了。含着乳头，淡而无味的香气弥漫在口腔里，感动得要哭。顺着细滑的背部往下，刚触及紧实的臀部，她攥住我的手，阻止了我继续入侵。

过了几天，趁下午没课，把她带回了家，当然是有预谋的，她当然也是知道我的预谋。坐在公交车上，突然变得陌生，不敢看对方。下车她碰我手臂："我还是不去了。"我低着头，顾自往前走，她跟上来，一路上我们避开对方的肢体，而不是像平时那样依偎而行。从进入小区到家门口，是漫长的一百多米，呼吸完全跟不上心跳，乃至于踏上楼梯时，几乎要虚脱了。

门一打开，转身抱住她，一个快要窒息的吻，使我们适应了紧张。她踮起脚尖，轻盈得仿佛用一只胳膊就能捞起，我加快动作，似乎怕她反悔，当她上身裸露，我像一面旗帜将她覆盖。虽然期待接下去的步骤，却发现心里住着一个懦夫，喘息中的静默，终于鼓足勇气探入她裙底，她瞬间僵硬，瞬间瘫软，我们是彼此的童男童女，没有海誓山盟，那一刻，身体的衔接与撞击就是海誓山盟。

时至今日，我不愿过多回眸这段恋情，从初识到略显忸怩的追求，然后落入俗套的卿卿我我，相比那些无疾而终的校园爱情，我们属于为数不多的毕业后仍在一起的情侣，没有因为异地恋或其他原因分道扬镳，直到那一幕夜色中暗度陈仓的画面，让一切土崩瓦解。

那是老鹰去巴西前召集的冷餐会，放在拐角音乐茶座。很多同学都来了，苏紫没跟我一起，约了卫淑红和钱丽凤前往，我先到一会儿，当三姐妹推门进来时，仿佛重现了当年来校话剧社应聘的那个晚上。白衬衫牛仔裤的卫淑红最先出现，苏紫走在一侧，米色无袖长裙，浅褚色高跟鞋，长丝巾绕在头颈里。殿后的还是钱丽凤，没主见的她始终扮演跟屁虫的角色。

为这次活动，拐角音乐茶座调整了布局，软椅和小圆桌被垒在卡座那边，腾出可供二十多人走动的空间。右侧吧台区，两张方桌拼成的长桌上，除了啤酒、红酒和饮料，并排放着七八只不锈钢托盆：水果沙拉、炸鸡翅、小牛排、椒盐虾、煎海鱼、披萨以及各种小蛋糕，宋姐客串主持，说为了操办弟弟的冷餐会，几乎跑遍全城西餐馆，最后选中了大名鼎鼎的优优西餐馆的菜单，台下大叫，好姐姐好姐姐。在起哄声中，她唱了一首邓丽君的情歌，将话筒交给老鹰。

老鹰拿啤酒瓶，踏上挑高的歌台："今天和同学们别过，下次不知何时还能聚这么齐，所以废话少说，一醉方休。"

说完，灌了自己一杯啤酒，喝得太猛，响嗝令立式话筒传出回声，石膏镂花吊顶似在轻颤，灯影中的发泡壁纸愈加泛黄。

他抱起吉他开始弹唱，嗓子很像那个美国大胡子大叔，缺点是摹仿痕迹太重——当然，作为一个串场歌手，越乱真越容易获得喝彩，毕竟台下不是音乐考官，而是听热闹的，只要能摇头摆尾跟着哼唱就行——《卢比，别将爱情带进城》《乡村路带我回家》《她信我》，或许还有一首《赌徒》，都是老鹰肯尼·罗杰斯的名作，也是他的保留曲目。

作为室友，这些歌听得耳朵都快长出老茧，大学四年，和他算不上兄弟，也还投契。事实上，我好像也没那种情同手足的同学，有几个要好的，也不厚此薄彼。毕业后，除了少数读研的，都找了正经单位去上班，老鹰一直靠驻唱谋生，属于特例。说起来，我当标本师已有很多人不理解，觉得该搞科研，以后像父亲一样当教授。而老鹰的选择更惊世骇俗，世俗社会就是这样，需要每个人循规蹈矩，容不得一丝秩序的冒犯。我是支持老鹰的，每个人都该有梦想，正如标本师比教授更符合我的愿望，哪怕绝大多数人认为教授更体面，也是绝大多数人的想法，和我无关。所以，至少在实现自我这件事上，我和老鹰是一种人。

冷餐会持续到深夜，偶有同学提前告退，大部队始终在坚守。很多人喝多了，有人摔碎了盆子，有人踉跄跌倒，有人嘤嘤啜泣，有人微醺迷离。长桌上摆满的酒都剩下空瓶，老鹰四仰八叉躺在卡座上，吉他滑在一边。

这个过程中，宋姐擎着高脚酒杯坐在角落——显然，今晚她是多余的人——安静地看着大家胡闹，将现场弄得一片狼藉，她没有生气，脸上是恬静的微笑。偶尔和我目光相对，像在看一个弟弟，而不是情人。反倒是我慌乱躲开，生怕苏紫窥出端倪。我酒量不大，也不喜欢过于喧闹的氛围，所以喝得不多，但还是有点犯晕。宋姐今晚穿粉色连衣裙，白皙的手臂和小腿修长纤细，像睡莲般妩媚，我不敢看她，又忍不住偷眼看她，欲望俨如野草暗自生长，情知她裸体并没穿戴整齐时那么有魅力，却压抑不住想占有她的冲动，转而又产生对苏紫的负疚之情，扭头去看苏紫，她一直和钱丽凤卫淑红凑在一起，此刻脸色绯红，已不胜酒力。我起身走过去，对她低声耳语："少喝点，别醉了。"她哦了一声。我走到门外，一根烟还没抽完，门被打开，听到里屋有人喊："都愣着干嘛，快打电话叫救护车。"一个叫姚文潭的同学被抬了出来，就在刚才，这个腼腆的话剧爱好者，曾演过御前大臣波洛涅斯的白面书生栽倒在地，丧失了意识，我赶忙扔了烟，想参加救护，却不知该做什么。过了六七分钟，一辆救护车呼啸而来，护工将姚文潭搬上担架，只能有一个亲友陪同，宋姐喝得最少，又是音乐茶座主人，便上了车，救护车掉头驶向两公里外的东区中心医院。

时值深夜，已无公交车，除了醉倒的同学，余下十多个同学步行去医院探视。走到半途，我才发现苏紫没在，卫淑红也没在，倒是钱丽凤跟在后面，见我掉头，跟上来，还是那副很没主见的样子："欧阳，文潭不会有事吧？刚才医生说一只瞳孔已经放大了。"

"这么严重？我刚才离得远没听清。"我口气也有点忐忑。

"真有个三长两短，可就乐极生悲了。"钱丽凤嘴角一牵。

因为担心，大家连奔带跑像急行军，一刻钟就赶到了医院，宋姐正在收银窗口缴费，一看她沮丧的神情就知道情况不妙，果然她奔过来问："谁知道姚同学家住哪儿？开颅手术要家属签字。"

有两个知道姚家住址的男同学扭头就跑，宋姐忙叫住他们："时间就是生命，我去跟医院商量用救护车接送。"

在焦急的等待中，几乎没有人说话，大家都在后悔，又不知该埋怨谁。每个人都参与了狂欢，等于每个人都是同谋，即便姚文潭苏醒过来，也无法怪罪别人，酒是自己喝的，没人灌他。半小时后，姚文潭父母出现在手术室门外的走廊，姚父脸色惨白，姚母已哭得喉咙嘶哑。

因为开颅手术死在无影灯下的概率很高，所以不但没有人离开，那些醉醺醺的同学也陆续赶来。老鹰大概是凌晨三点到的，又过了一会儿，苏紫和卫淑红也来了。走廊里的气氛压抑到极点，大家都不想说话，我走出大门，蹲在阶梯上抽烟，脚蹲麻了，续了根烟，在医院的群楼间行走，酒已完全醒了，星空看上去如此遥远，却能一下子够到似的。

经过一个自行车棚，听到有人说话，本已走了过去，发现那个男声耳熟，蹑手蹑脚退回去，躲在大铁门后倾听。

"放心，文潭不会有事的，哪那么容易就死了。"老鹰的洋腔洋调很好辨识。

"以后再不能这样喝酒了，太可怕了。"很熟悉的女声，却一下子想不起来是谁。

"谁知道会发生这种事，小概率事件。"

“你为什么一定要去巴西?”女声竟然是苏紫。

“巴西有黑人灵歌，有拉格泰姆，有很多拉丁音乐元素。”

“这一去，不再回来了吧?”

“最终我还是想去美国，你知道，我想成为真正的音乐家。”

“你从没爱过我，只爱自己。”

“有欧阳爱你就可以了，别那么贪心。”

“是我自己犯贱。”

“你咬疼我了。”

“咬死你这臭流氓。”

“别闹了，走吧，离开太久不好。”

他们一前一后从自行车棚出来，我全身僵直，想冲上前，但忍住了，就像吞服了某种麻醉痛苦的迷药，我回忆了全部对话，甄别每个字句，在脑子里复述又复述，直到完整地印刻在脑际，用刀锋也无法挖出。

一阵穿堂风呼啸而过，扬起的尘埃中有树叶和废纸片，一条扭动的白蟒状物忽起忽落，旋入了铁门底部，探身将它捡起，正是苏紫的长丝巾，刚揉成一团塞进裤兜，苏紫已追过来，我躲得更隐蔽一些，从铁门罅隙往外窥探，她崴了脚，啊呀一声蹲下，紧随而来的老鹰扶住她：“没事吧?”

“没事，我的丝巾被风吹跑了。”苏紫揉着脚踝。

“黑灯瞎火哪儿去找，脚没事就好，回去吧。”

“那是欧阳送我的，不知道哪来的妖风，讨厌。”

两人转身往回走，我没再返回手术室门前的走廊，要知道，我和苏紫已开始谈婚论嫁，她的出轨并无任何征兆，我完全不能接受这个事实。当我离开医院，漫无目的地走进黑夜时，姚文潭的生命正在圈上休止符，这是天亮后才知道的噩耗。开颅后发现，姚文潭的中枢神经发育存在缺陷，简单来说，属于脑溢血高发人群。这样的病人须恪守有规律的作息，避免情绪巨大波动，切忌烟酒辛辣。遗憾的是，姚文潭生前并不知道自己的隐疾，身边的人也不觉得他有什么异样，现在回想起来，有几次他扶着脑袋说头晕，大家也没往坏处去想，谁没个头疼脑热呢。

悲哀的消息让怨恨暂时搁在一边，接下来的几天，我和同学们协助姚家筹备丧事，大家情绪低落，陷入到人生无常的虚无之中。

因为预定了昂贵的国际机票，没来得及参加追悼会，老鹰就飞去了里约热内卢。他率先拿出一千元组织了募捐，是所有同学中捐款最多的。他的远走他乡使复仇缺了一个主角，一度我后悔，为何那晚没冲上去，哪怕扇他一记响亮的耳光。我庆幸没那么做，虽然我性格中有易于冲动的成分，虽然还没有详尽的计划，但对待此事，我希望像做一件珍稀动物标本般臻于完美。面对苏紫时，我伪装成什么都不知道的样子，火山爆发前的平静是可怕的，连我自己都感到恐惧。

我试图厘清一切的来龙去脉，老鹰勾引苏紫，难道是察觉了我和宋姐的私情？我一向谨慎，相信没露出蛛丝马迹。退而言之，即便露馅，表姐的私生活又何须他来清算。况且，苏紫并不是他喜欢的类型，他当初追的可是卫淑红。让我黯然神伤的是，对话中能听出苏紫是喜欢他的，如果一个漂亮姑娘投怀送抱，即便不是喜欢的类型，男人也不会拒绝。每想到此，对苏紫的怨恨就无法遏制，情知和老鹰无果，却甘愿飞蛾扑火，只是将我预留为婚姻的归宿。

书柜底部突然出现的长丝巾令我手足无措，我以为它已遗落在金堡岛，或回航的海面上。总之，没理由还在房间里。我看着它，像看着一个附在丝巾上的鬼魂。慢慢地，耳朵里涌来了水声，不是潺潺之溪，而是澎湃的浪涛，苏紫绝望的呼喊由此及彼，消失在白蒙蒙的水雾里。昏厥之前，我抓过一只枕头，把脑袋埋进去，缓解耳朵里的炸裂。等这一波幻听过去，脑子虽然晕眩，却可以确认，这一次，我终于撕碎了它，若不是焚烧会产生腥臭，必将其燃成灰烬。

弄堂口逼仄，余地有限，搬家车进退几次，才将车尾倒了进来。没搬多久，钱阿姨来了，是我通知她来拿钥匙的。她又念叨了几遍儿子复员的事，对催促我搬家表示歉意。我怕她又提苏紫，就把钥匙塞她手里："麻烦钱阿姨给我照看一下，我去买包烟。"

"去吧，我帮你看着。"钱阿姨总是乐呵呵的。

去小丽花店旁那家不具名杂货店买了包烟，点燃一根刚要抽，看见宋姐站在拐角音乐茶座门口，和一男一女说话，只要一侧脸，目光就和我相对，我低头离开，须知，之所以这么快决定搬家，一个因素就是想结束这段关系。我一直怀疑，苏紫是否知道我和宋姐的事，若知道，出轨反而符合逻辑。若不知，同是背叛，五十步笑百步，也是现世报。

基于此，在新的感情开始前，我希望和过往做一个切割，不是出于道德，而是在意识深处，我有恐惧。

拐进小区时，好像听到宋姐叫我，我没回头核实，这当然不够坦荡，即便再不相见，也可以有一个告别。

返回弄堂，和钱阿姨闲聊，不知怎么她把话题扯到了最近的菜价，说青菜都吃不起了。我跟着她的情绪抨击了几句政府，她却帮政府说起话来，将责任推给了天气："可能是这些日子雨水多，菜都给涝了。"

我笑了笑："待会儿我就跟车走了，屋子怕来不及打扫了。"

钱阿姨摆摆手："不用打扫，马上准备装修了，给儿子当婚房。"

"儿子有对象了？"

"没呢，先装修好再说，你也帮他留心着。"

钱阿姨朝弄堂口走去，宋姐站在那儿，应该来了一会儿，我忙将目光避开，她也装作没看见我，转过身去。

搬家车驶出小区，我坐在驾驶室，用余光去看拐角音乐茶座，铁门紧闭。想起第一次看到那个穿一袭素色旗袍白色高跟鞋的小邓丽君，心里突然一酸。

傍晚收到焦小蕻发来的信息：家搬好了没有？我想把扁豆寄存在你那儿。

去公用电话站给她回了信息，告诉她已搬好，扁豆随时可以拿过来。同时给羊一丹回了一条：下周你抵达后，我们再确定在哪里见面。

6月27日 星期一

早上睡了个回笼觉，收到焦小蕻信息：如果有空，晚上七点在红祠小区弄堂口碰头。

白天一直在收拾屋子，其实昨天已将家具基本归位，多年养成的习惯是，当日事尽量当日毕，包括坚持了很多年的日记——反正最后总得完成，何必拖延——这房间和东映小区那间差不多大，也还是那些东西，所以并没很强烈的陌生感，只有站在后窗时，拐弯的洗笔江才提醒我这是新家。

在红祠小区对面，是一个旧式街区，沿街有几家店面，穿过马路去一烟杂店买了烟。发现隔壁其实是家咖啡馆，之所以被忽略，是因为没醒目的招牌，一长排木质窗框，看着像住户，走过去，才看到门上镶了块铸铁铭牌：**米开朗基罗咖啡馆**。

焦小蕻在视野中出现了，我朝她招招手，她穿马路过来，抱着那只纸箱。

“这儿有家咖啡馆，进去坐一会儿吧。”我接过纸箱。

“你倒是眼尖，我住这儿都不知道呢。”

“你不是刚调回市区么，可能新开不久吧。”

“有可能吧，那就坐一会儿，正好有件事跟你说。”

米开朗基罗咖啡馆是扇窄门，抱着纸箱侧身而入，室内有三四个客人，灯光是橘黄的，有点偏橘红，天花板上的吊扇在转，迎面是一堵书墙。软椅和矮几看似随意地扔在三十多平方米空间里，有一面是落地窗户，一对单人沙发面对而放，中间摆了矮几。窗外是个天井，有些盆栽，几挂垂吊植物吊在半空，藤叶要穿过玻璃探进屋内似的。

一个戴白色长舌帽的男人，站在粗壮的悬枝前，一只鸽子那么大的鹦鹉，右爪被细链系在悬枝上，俯视着主人。他转过身来，白衬衫束在牛仔裤里，头颈里挂着沾满油彩的围兜，拿着油画笔，未完成的油画斜在身前的画架上，是一幅女士肖像。

“欢迎两位光临。”他的声音像从肚子里发出来的，浑厚神秘，很像某个想不起名字的配音演员。

“降E大调夜曲，好听。”焦小蕻坐在单人沙发上，背景音乐仿佛散开的纱笼。

“好耳力，一听就知道是肖邦，”长舌帽男人露出微笑，“两位喝点什么？”

“给我来杯清咖。”我在焦小蕻对面坐下来。

“有没有热巧克力？没有的话来一杯奶咖，一块方糖。”

她看着那只鹦鹉。

焦小蕻给我带来一个好消息，县教育局同意网开一面，不再处分，直接将我的档案退回到户籍所在地。

“他们怎么同意退档了?”

“我舅舅在市教育局，帮忙通融了一下。”

长舌帽男人端来了两杯咖啡，一杯药汤色，一杯奶麦色。

“方糖茶几上有。”他提醒了一句，退到斜对面的画架前，琢磨着如何下笔。

“谢谢你。”我抿了口药汤色的咖啡，微苦从舌尖滑进喉咙。

“一跟舅舅提起，他就说知道你的事，你现在是教育系统名人了。”

“这事确实做得毛糙。”

“本不想管的，想想总归是因我而起，唉，说起来喜欢一个人也不是错。”她剥开方糖，放进奶麦色咖啡里，用细勺慢慢搅动着。

“是啊，喜欢一个人也不是错，很高兴你能这样想。”

“不过，喜欢是一回事，强迫别人也喜欢是另一回事。”她瞥了我一眼。

“既然你舅舅在市教育局，当初为什么舍近求远去了阴阳浦小学?”我挪开了话题。

“世阁想留在阴阳浦，既然嫁给了他，总得住在夫家嘛。”

“完全没想到你是世阁妻子，发生那样的事，真让人难过。”

“唉，说到底，这样的悲剧世间每天都在发生，只是概率问题。”

“想不到你这样理智。”

“不理智又能怎么样呢，你不知道我有多伤心。算了，不说这个了，接下去你有什么打算?”

“反正自然博物馆是不会再回去了，最近要和一个客户谈合作，可能的话，做一个自己的标本工作室吧。”

“很好奇你怎么会选择这一行，每天与动物尸体打交道?”

“没这一行，扁豆还能复活? 虽然复活是打引号的。”

“你会不会为了得到一个标本去杀生。”

“我不杀生。”我撒了个谎。

“我不信，没有不杀生的标本师。”

“好吧，杀过。如果你介意，以后就不杀了。”

“杀不杀和我没关系，别扯上我。”她抿了口咖啡。

“我也很好奇，你是怎么认识世阁的?”

“我们都在音乐学院上学。”

“原来是这样，比我想象的简单。”

“虽然在一所大学，一直是不认识的。我在民乐系，他在钢琴系，比我高一届。大二我尝试作曲，创作了一首民乐曲《芦花流水》，获得了省大学生音乐节原创银奖，金奖是他作曲的《阴阳浦月夜》。领奖时见面我就对他有好感，但女生矜持，他也比较内向，没什么交往，也没留下联系方式。后来他毕业了，再后来晚报上一则东欧阳村发现古琴的消息吸引了我，利用一个星期天，找到了东欧阳村，中间还迷了路，跑到西欧阳村去了。”

“村外的人不问路的话，确实很容易走岔，有些还以为欧阳村不分东西呢。”我说。

“对的。”她抿了口咖啡。

“阴阳浦的欧阳两村，供奉的是一个宗族祠堂，家谱上最早的祖先是宋朝的一个节度使。西村是大老婆一脉，东村是小老婆一脉，按族谱，欧阳世阁还是我晚辈，晓字辈比世字辈长两辈，他得叫我爷爷，这说明西村比东村人丁旺，多出两代人来。其实阴阳浦小学姓欧阳的特别多，整个阴阳浦也就两个大姓，一是欧阳，一是肖姓，小月肖。”

一个三十多岁穿淡蓝色旗袍的女人推门进来，长舌帽男人放下画笔：“外面下雨了？”

“很小的雨。”旗袍女人收拢了一把长柄伞。

我转头看落地窗户外面，昏暗的院子，看不真切是否下雨。依稀感受到有一些雨丝，飘在那些盆栽上。

“我只好从西村折回东村，走进村子不久，就听到了古琴声，循声找到一间屋子，向窗内望进去，一个年轻人在弹古琴，指法娴熟，弹得非常好，等抬起头来，才认出是世阁。”焦小蕻的目光从旗袍女人身上收回来。

“小学读书时，他就能弹一手好琴了。说也奇怪，一个老祖宗，历朝历代东村文化人就是比西村多，西村多的是庄稼汉，我父亲是西村第一个大学生，我是第二个，据说大老婆是发迹前娶的，没什么文化，小老婆是后来纳的大家闺秀，后代中不是举人就是秀才，要不就是琴师，世阁家的琴艺传了好几代了。”

“他是一脉单传，人一死，琴艺就失传了。”

“就像每天有物种灭绝，每天都有手艺消失，我师傅曾仿制出能让人体不腐的古代防腐剂，后来生病出走，给我留了一瓶仿制品，却不把配方留下来，说要是配方留在世上，标本制作这门手艺就会失传，我虽不理解，但也尊重他的选择，这是一件无可奈何的事。”

“嗯，我有点累了，想回家了，走吧。”

我去结了账，走到门口，长舌帽男人提醒道：“别忘了那只纸箱。”

我跑过去，将纸箱抱在怀里，旗袍女人冲我笑了笑：“你女朋友真漂亮，有空常来呀。”

焦小蕻已在门外，不知有没有听到这一句，应该是听到了。

6月29日　星期三

羊一丹是一早坐船到的，我将碰头地点放在“米开朗基罗”，城里很少有如此安静的咖啡馆，以前在书里读到一句话：咖啡馆是家的体外客厅。就是这种感觉。

长舌帽男人不在，守店的是那个旗袍女人，她今天换了一套藕粉色旗袍：“你来啦，女朋友没一起来?”

“哦，今天我约了朋友谈事。”落地窗户旁的单人沙发已有客人，我在一把软椅上坐下。

“我姓倪，可以叫我倪姐，你怎么称呼?”

“复姓欧阳，给我来杯清咖。”

她转身去料理台冲咖啡，背影让我想到了也喜欢穿旗袍的宋姐，五官精致，体态丰腴优美，比少女更有魅力。只是在裸体时，青春的尾巴呈现出残酷的一面，不再紧凑的肌肤，因地心引力而下垂的乳房，或因生育而松垮的小腹，以及口腔中淡淡的霉味，叫人心生惆怅。

羊一丹进来了，虽是初次见面，但能猜出是她。拖着一只带轮盘的皮箱，提着装饰大于实用的坤包，大红裙子，披一件无袖钩花对襟衫，戴着墨镜，走到我跟前：“请问是欧阳晓峰先生么?”我点点头。她便摘下墨镜，在对面软椅落座：“没想到你这么年轻。”

她年轻时肯定也是美人坯子，眼下却是更老一些的倪姐和宋姐。乍一看四十出头，仔细看，应该过了五十。

“我叫您羊姐还是羊姨?”我心想她是敬师傅一辈，该叫羊姨，又怕叫老了她不爱听。

“当然是叫羊姨。”她点了杯奶咖，打开皮箱，里面有一些金堡岛的海鲜零食，拆了一包鱿鱼丝一包橡皮鱼干，我拿了一根鱿鱼丝，放进嘴里慢慢嚼。不知为什么，我觉得她似曾相识，聊天过程中，一直在想到底在哪儿见过她，以至于偶有走神。

终于想起来了，她就是夹在那本有点脱胶的《钢铁是怎样炼成的》里的那张泛黄照片上梳两条辫子的年轻女子。

我有点恍惚，好似敬师傅就站在不远处，看着我们。

羊一丹希望我去金堡，岛上有设施齐备的标本工作室，有来自各地的珍贵皮张，大有我用武之地。

“放心，皮张都有合法手续，”她看出了我的疑虑，“苟原先生生前和我们有很好的合作。”

“生前？”我惊讶地问，“他去世了？”

她意识到失言，忙改口道：“他失踪了那么久，应该是不在人间了吧？”

初次见面，我不好意思深究，但觉得她可能知道敬师傅的下落。

我感谢她专程前来的诚意，婉拒了去岛上工作的邀请。告诉她，如果只是做些小件，家里就可以完成，而且我正考虑建一个标本工作室，他们送来皮张，完成后提走成品。

“我当然希望和苟原先生的高徒长期合作，岛上生活枯燥，年轻人耐不住寂寞，你的想法我可以理解。”

“当然也不是绝对的，比如不方便运输的大象犀牛什么的，我可以去岛上做。”

“做大象犀牛的机会倒是不多。”

“我家最多能做梅花鹿大小的，再大就转不开身了。”

“那还是找个大点的房子做工作室，房租我来承担。”

“这倒不必，工作室本就在我计划中，也会接别的活。”

羊一丹直率地点穿了我的心思：“不想成为雇佣关系，喜欢合作关系对吧？”

我笑笑，没接茬，她说了订单的大致报价，比我预计的高出不少。对我一个人单干，她表现出小小的担忧，毕竟标本制作涉及体力，没帮手，大件制作会比较困难。她准备把岛上一个叫王小蛇的学徒派过来。这时我才想起一个问题，岛上既然有标本工作室，说明已有制作团队，何必舍近求远邀我加盟？

“原本是有个叫查北斗的标本师傅。”羊一丹说。

查北斗师傅？我诧异道：“有一年我们一起捕过鸟，他的鸟哨吹得真好。”

“嗯，几个月前生病去世了，他带过两个学徒，大徒弟去年离开金堡岛，回农村老家结婚了，王小蛇是之后招的，学了些皮毛，刚好给你当下手。”

“这样的话，金堡的工作室不就废弃了？”

“留着，等有大件的时候，你可以到岛上去做。”

“那我抓紧去找房子。”

“我倾向于民居，最好是平房，楼梯房上下搬动不方便。”

“没错，要找那种对开门的，进出方便。”我和她的想法不谋而合。

“还要便于运输，最好找洗笔江边的房子，直接由江入海，运到金堡。”

“羊姨和苟原先生认识很多年了吧?”

“对啊，年轻的时候他还追过我呢。”

我想说，我还看到过师傅收藏的照片呢。话到嘴边，忍住了。

旅途困乏，羊一丹告辞回去休息，她娘家在白云小区——就是我父亲住的那个小区，说起来我在那儿也住过很多年——离开前她留下手机号码，印象中除了自然博物馆陈馆长和宋姐之外，她是我认识的第三个用手机的人。我又坐了片刻，那只鹦鹉口齿不清地说了句什么，我按它的发音念了几遍，还是不得要领。倪姐在那儿偷笑，她当然知道答案，走过来说：“是八格呀路。”

“怎么教它这句?”我咧开嘴笑了。

“还不是老郝无聊。”

“老郝就是那个画家吧?”我说。

“不算画家，就是业余瞎涂涂。”

“要是我养鹦鹉，一定教它这一句，不要把我变成鹦鹉。”

“这句好，回头让老郝教它。”

我端起咖啡，此刻，一度曾嫌弃过的城市变得亲近起来，只要在此地，爱情哪怕尚不清晰，总能感知到它的轮廓，这是我不愿去金堡岛的原因。

7月4日　星期一

其实在和羊一丹探讨标本工作室选址时，就想到了牛头栅。这是个城中村，好几条近郊专线在此始发，村旁是贯穿本城的洗笔江，河水绵延向西，汇入江海。

在牛头栅周围贴了几张租房告示，发现一个现象。杂乱的民居中，散落着不少独立简屋，用红砖或煤渣砖砌成，外墙不糊水泥。虽纳闷，也没特地去打听。一个房主发来信息，说有房可出租，就约了碰头，是个四十多岁的橄榄脸村妇，上一个租客刚搬走，刚好在电线杆上看到我的告示。出租的正是那样一栋外墙裸露的简屋，三十多平方米，内墙反倒用石灰水刷过，还算干净。橄榄脸村妇说这是房客自己刷的，她可不愿意在这上面花钱。过去牛头栅每家都养家畜，后来说要动迁，一窝蜂将牛棚羊圈改扩建成简屋，也不住人，要么堆杂物，要么空置，是图拆迁时获得更好的补偿。

牛头栅的动迁光打雷不下雨，渐渐成了传说。别处的动迁户倒是搬来不少，租客之所以看中这些简屋，无非是交通便捷，租金便宜，作为临时过渡是不错的选择。

橄榄脸村妇借给我的简屋原先是羊圈，三年前跟风翻建的，对此她颇多抱怨："早知道动迁一拖再拖，没必要急着把十几只羊都宰了。"

“还没养肥呢，去菜市场摆了几天摊，没卖出好价钱。”

由此可见，这是个患得患失的女人。

四米多高，两面有窗，宽敞通风，做标本工作室还过得去，欠缺是不是对开门，只有一扇门，不过宽度还可以。昨天和橄榄脸村妇初谈，开价一百二十元，作为城中村的毛坯房，不算便宜。考虑到从海虹小区骑车过来才一刻钟，水路运输也便捷，今天就约了羊一丹来实地看，她在手机里推辞：“我看不看都无所谓，你觉得行就可以了。”见了面，还是那句：“你看你那么客气，非要我来，你觉得行就可以了。”

“毛坯房，那边有个泊船的渡口。”我说。

“够是够用了，简陋了些，连窗帘也没有。”羊一丹潦草地打量了一眼。

“窗帘是前面的租客自己挂的，搬走时给摘走了。”

“说实话比我岛上的工作室差远了，要不然还是跟我去金堡吧。”她一半认真一半玩笑地说。

“回头买两块窗帘挂上就行，我可不喜欢干活时有人在窗口探头探脑。”我接着自己的话往下说。

7月6日　星期三

一大早，去阴阳浦小学盖章，这是退档步骤中的一环。有份文件需要秦校长签字，踌躇片刻，敲开了校长室的门，见是我，她略一犹疑，不像上次那样凶了，在空白处签了名，语重心长道："以后做事不能这么鲁莽了，看把大家搞得多被动。"

我说了一百遍道歉，诺诺而退。

担心那些床橱箱桌被学校清理了，去宿舍看了一下，还在，可以搬到牛头栅去。

从阴阳浦小学出来，跑了趟县教育局，下午返回市区，又去了自然博物馆和街道办事处，虽还有些收尾手续，但该我配合的都已完成，剩下的是相关部门的既定程序，能赶在暑假前将人事关系转回户籍所在地，也算了却一桩心事。

去公用电话站，联系了上次那家搬家公司，让他们明天派一辆小货车来。

给焦小蕻发了条信息，告诉她退档手续已办好，标本工作室也快落实了，欢迎她来做客。

过了一个多小时，我在米开朗基罗咖啡馆的单人沙发上收到她的回复：效率很高呀，我们学校明天开始放暑假。

下午没什么客人，老郝在软椅上看书，倪姐在料理台那儿闲坐着。我不知道他们是夫妇还是情侣，抑或是合作伙伴。为了核实，我试探老郝道："倪姐真是旗袍西施，你挑老婆有眼光。"

"她不是我老婆。"老郝放下手里的书，走过来，贴着我耳朵轻声说。

倪姐推开落地窗户旁的小门，挪步到天井里去。

"今天女朋友怎么又没来？"很快，她捧了一盆小仙人掌返回室内。

“她有事。”我说。

“对了，我还不知道你是干什么的呢?”

“我是标本师，做动物标本的，有电话么？借用一下。”

“在那张长桌背后。”倪姐朝我身后指了指。

我先给焦小蕻发了条信息，问她后天是否有空来标本工作室做客。随后拨通羊一丹手机，告诉她工作室的房子签了一年租约，明天搬东西，后天就可以开工。听得出她很开心，在电话那头说，我尽快让王小蛇带一批皮张过来，他就留下不回岛上了。

我哦了一声，感觉身边被安排了一个奸细，但好像也没理由拒绝。

重新落座，发现倪姐在对面的单人沙发上看着我：“好奇你的工作，想知道标本师怎么看待生死。”

“这么严肃的话题，无从说起啊。”

“标本师杀生么?”她提了焦小蕻问过的问题。

“有时候会。”我如实禀告。

“也杀鱼吧?我每个星期天会去菜市场，买一些鱼放生。”

拷机响了两下，是焦小蕻发来的回复：后天上午十点，我家小区弄堂口见面，然后去你工作室看看。

“倪姐是佛教徒吧?”我问道。

“你认为杀鱼不是杀生?”

"我所理解的杀生，范围局限在哺乳动物。"

"这好像从逻辑上说不过去。"

"倪姐既然买鱼放生，想必是素食主义者吧？其实植物也有痛感，如果有脚，知道要吃它们，肯定撒腿就跑，难道你会因为怜悯而不再去食用它们？"

"我倒不是素食主义者，偶尔也吃鱼虾，君子远庖厨，可能你觉得虚伪吧。"

"吃鱼放鱼看上去矛盾，也不一定就是虚伪，就像杀了动物做标本，也是打着保护物种的旗号。"我说。

"人有点慈悲心总没错，"倪姐转过头去，"老郝，待会儿我去洗衣店拿完旗袍就直接回家了。"

老郝哦了一声，继续看书。

7月8日　星期五

我和焦小蕻刚到标本工作室，就看见橄榄脸村妇靠在门框上，候了多时的样子。

"房租涨到一百五，否则房子收回。"她劈头就来了这么一句，正掏钥匙的我来不及反应是怎么回事，她已走到跟前，"要么涨到一百五，要么马上搬走。"

"怎么说涨价就涨价呢？我们是有协议的。"我压制着恼火。

"什么狗屁协议，我给撕了。"橄榄脸村妇气鼓鼓地说。

“你撕了，可我还有一份呢。”

“那你去告我啊，房子是我的，不想借了，村东头老马家昨天借出一间，比我的小一圈，都要了一百五呢。”

“哪有这样办事的，”一旁的焦小蕻看不下去，“也太不讲诚信了。”

“你是谁啊，和你有关系么？”橄榄脸村妇的唾沫星子乱飞。

遇到这样蛮不讲理的人，只能自认晦气，想到昨天去阴阳浦小学，先拆蚊帐，把床橱箱桌和杂物搬来牛头栅，又去二手商店买了一张大长桌，把家里的两只标本工具箱也搬过来，考虑到牛头栅蚊子不会比阴阳浦少，将蚊帐重新撑好（有张床，干活累了可以休息，太晚了不想回家也可过夜），因为焦小蕻要来做客，还特意买了电热水瓶、玻璃杯和速溶咖啡，一直忙到月亮挂上树梢，看着属于自己的标本工作室，除了两块窗帘来不及添置，基本成型，虽然很累，心里却美滋滋的。今天发生这样的事，沮丧到连生气的心情都没了。

“今天答应给一百五，明天又变一百八了，不租了。”我说。

“一天扣二十，你不是预付了半年房租么，从里面扣。”

“这不是抢钱么？”

“那我不抢你钱，今天就搬。”橄榄脸村妇声音嘹亮，好像理都在她那边。

焦小蕻把我拉到一边："有个房子很适合当标本工作室，就是远一点，你愿不愿去？"

"有合适的房子我马上搬。"我说。

"东欧阳村我住处旁那间房子一直闲置着，你拿去用，也不必付房租。"

"不能无功受禄，我还是另找别处吧。"

"那房子本就空着，不是特意给你腾出来的，空着也是浪费。"

"还是有点不妥，容我考虑一下。"

"就是紧靠着我原来住的那间，你应该有印象。"

我记得那栋砖木结构的房子，很有些年头了，挑空的骑廊下挂着风干的丝瓜筋，门窗紧闭，一看就是久不住人的样子。其实，对焦小蕻的提议我暗怀窃喜，这是关键的转折，借助橄榄脸村妇的毁约，她介入了事件，形成道义上的同盟。由此，我们似乎成了真正意义上的朋友，而之前，我更多的是一个被设防的对象。

但我不能立刻答应，这会显得我用心不良，她也可能会从正义感中猛然觉醒，后悔自己的决定。我抑制着欣喜，橄榄脸村妇带给我的愤怒已被抛到爪哇国。虽然内心已接受搬去东欧阳村，嘴上却要推诿几个回合，就像遛鱼，急于拽上岸的结果往往是线断鱼遁，唯有欲擒故纵的收和放，方能完美地实现一次垂钓。

橄榄脸村妇还在那儿唠叨，我不想再费口舌，本想开门让焦小蕻看看，也没了兴致。拐个弯，是洗笔江无数支流中的一条，沿着河岸走出去不远就是渡口，再拐弯，就是郊区车始发处。脏兮兮的大巴横七竖八停着，像田垄间的虫蛹。

“远倒不是问题，我还调去阴阳浦小学了呢。”我说。

“这事你还好意思说。”她的嗔怪在我听来倍觉温馨，她不再将我视作一个冒犯者，自从那天在河边邂逅，三个多月过去了，第一次感觉她是我女朋友，或者说，有了一点女朋友的感觉。

“调动的事已经让你费心了，不能又白用你的房子。”

“其实房子老不住人也不好，再说你一时半会儿哪儿去找房子？人家都下逐客令了。”

“要不这样吧，这里的房租给你，要是同意，明天就搬。”

“真的不用，等你做标本赚了钱，可以来市区请我吃饭。”

“听着怎么像一个阴谋，怕我在市区干扰你生活是吧？”

“好像被你识破了。”她莞尔一笑。

一艘双桅渔船开过来，外形像尖头军舰，桅杆上没有挂帆，两根杆之间胡乱悬着钢丝及信号绳，船身两侧有不少黑轮胎，接近尾部的双层驾驶兼食宿区看上去像要歪倒了。甲板上站着个女人，黑色长裙，碎花黄纱巾从脖子上飘起来，猛一看像是羊一丹，细一看，果然是她，身边站着一个又瘦又高的小伙子，没猜错的话，应该是王小蛇。

羊一丹也看见了我，朝我挥了挥胳膊。一个船员放锚，另一个船员开始架跳板，那个瘦高的小伙俯下身帮忙。跳板距离渡口有十几米，架不到岸上，我纳闷船为什么不再靠近一些，焦小蕻在一旁问道："你们认识啊？"

我告知是标本制作的合作方。她哦了一声，把我的疑问说了出来："为什么不把船靠近一点？"

我也在想这个问题，至少还得靠近五六米。

稍远处，一只运黄沙的机动船拖着驳船驶过来，为避开河中央的双桅渔船，慢慢开出一个弧形。渔船上的人意识到长度不够，撤回了跳板。拖着驳船的机动船费了好大劲才绕开双桅渔船，船员们骂娘声不绝于耳，渔船上的船员也回骂，声势明显比前者弱，毕竟理亏在先。

不知何时，羊一丹步入了船上的食宿区。可能是听不得污言秽语，又不便加入骂战，干脆躲开。一艘港监船逼近了双桅渔船，它似乎是一瞬间出现的，这就是执法部门的神秘所在，在这样一条不起眼的支流，权力的隐身与现身恰到好处。

穿着制服的港监人员举起喇叭，勒令双桅渔船靠岸。羊一丹从船舱里出来，一起出来的还有个大块头男人，年过半百，剃板寸，圆领汗衫，趿着拖鞋，一看就是没什么文化的船老大，不过在港监面前倒是毕恭毕敬，比画着手势，好像在辩解什么。双方交流了足有十分钟，港监人员拿出一本单据填写，估计是在开罚单。船老大还在争辩，羊一丹碰碰他胳膊，示意不要再说，用钱交换了罚单。船老大返回了船舱，船员起锚，双桅渔船开出去一段水域，开始掉头。羊一丹朝岸上看，见我还在，从坤包里拿出黑砖大小的手机，拨号通话。过了片刻，我的拷机响起来，正是她发来的信息：船靠不了岸，只能返航，明天下午两点在上次那家咖啡馆见面吧。

我举起传呼机晃了晃，表示已收到信息，羊一丹点了点头。

和焦小蕻离开河岸，往郊区车始发处方向走，渡口扎着一堆人，或手持法器，或双掌合十，口中念念有词，一边念，一边把铅桶里的鱼鳝倒入河中。我在阴阳浦垂钓时，也常遇见这样的放生人，三五成群，以表情木讷的中老年妇女居多，偶尔也有像穿旗袍的倪姐那样的时髦女性。

重新回归河流的鱼鳝往水里游去，倏忽又浮出水面，放生人默祷阿弥陀佛："快看快看，佛法显灵了，鱼来谢恩了。"

焦小蕻也倍觉神奇："这些鱼还真有灵气，来谢恩了呢。"

我笑笑，没点破这是鱼鳝离开河久了，暂时不适应水压的缘故。

正要离开，忽听吵起来，距放生人不远，一个女人正拿着网兜伸向河里，将那些还没缓过神的鱼鳝重新捕住。放生人跑过来指摘，却被抢白一顿："谁说这鱼是你们的？我可是从河里捞的。"

待她转过身来，正是那橄榄脸村妇，看见是我，忙说："正要找你呢，最多给你两天，后天不搬，就把屋里的东西都卖给收破烂的。"

“你敢。”我正要发作，被焦小蕻一拽：“走吧走吧，和这样的人吵架犯得着么。”

放生人把橄榄脸村妇围住，七嘴八舌指责她：“你不止一回这样了，要遭报应的。”“这些鱼放生前是念过经的，不能吃。”“你积点德，赶紧把鱼给放了吧。”

橄榄脸村妇根本置若罔闻，凛然道：“佛是你们家的佛，管不了我。”

提着小塑料桶里的鱼鳝，从一众放生人中挤了出去。

焦小蕻中午约了大学室友，婉拒了和我一起午餐。到了公交车站，终于结束了客套游戏，我答应将标本工作室搬去东欧阳村，她从一串钥匙里摘下一把：“想起那个女人就来气，你还是尽快搬吧。”

“待会儿就去联系搬家公司，明天要和客户碰头，后天就搬。”我接过那把钥匙。

“好久没打扫，都是灰。”

“没事，我会打扫。”

“我就不陪你去了，反正地方你认识，钥匙也有了。”

“你最好还是收租金，白用真的不太好。”

“真的不用，你这人好啰嗦。”

7月9日　星期六

今天下午，米开朗基罗咖啡馆没什么客人，倪姐说晚上人会多一些，总体来说，生意不算太好。不过老郝并不在意，房子是他的资本家祖父生前置业，土改时一度被充公，前几年落实政策归还给了家属。不过也没还全，只还了底楼和二楼，三楼那个孤老太在此住了几十年，作为历史遗留问题也没法赶人家走。房管所承诺等孤老百年后归还。老郝住二楼，底楼开了这家小咖啡馆，因为没房租成本，经营压力倒也不大。

“那个小脚老太，永远不洗澡，走路跟猫似的，臭气熏天。”倪姐讨嫌道。

“倪姐一定是咖啡馆股东吧?”我窃笑。

“才不是呢，和你一样，喜欢这里的氛围，所以常来。”

“不会吧?”

“你们这些人看问题就喜欢庸俗化。”

“倪姐今天怎么没穿旗袍?”

“哪能每天都穿，穿旗袍一般都是给老郝当模特，平时穿休闲的多。”

“倪姐身材这么好，天生是当模特的料。”

“老郝喜欢画穿旗袍的女人。”

“倪姐一定是演员吧?”

“哪里是什么演员，一名教书匠而已。”

“那肯定是舞蹈学院形体课老师。”

“你可真会说话，”她抿嘴一笑，“我在美术学院教版画。”

“原来是版画家啊，以后叫你倪老师。”

“还是叫倪姐吧，老师可不敢当。”

“对了，昨天看见有人在河边放生，结果那些鱼又被边上的人捕去了。”

“我放生时也碰到过，人有因缘，鱼也是，我信善缘，捕鱼的人不信，各有造化。”

“你不阻止？”

“不阻止也不规劝，我放我的，他捕他的，要是鱼逃不过劫数，也是它们的命运。”

“我怎么觉得你们有信仰的人反而充满了悲观。”

“不悲观怎么会有信仰？”倪姐反问。

我竟无言以对。

王小蛇一走入，我马上认出了他，果然就是双桅渔船上的那个瘦高个，首先映入我眼帘的是一双神经质的眼睛，好像受了惊吓，眼球稍有点突起。然后是一双大脚，宽头皮鞋表面擦得锃亮，足有四十五码，虽是高个子，仍显得不合比例。好笑的是，他擦亮了鞋面，却没擦鞋跟，在我对面坐下，灰色长裤即刻短了一截。

问他怎么一个人来，王小蛇说羊姨昨天在船上受寒发烧，嘱他先过来和我见面。

王小蛇十九岁，金堡土著，这是他第一次离岛工作。他坐在单人沙发上，用搓手来掩饰不自在：“欧阳老师，等一会儿去工场间看看吧。”

“工场间”是“标本工作室”质朴的说法，本来对羊一丹安排个人给我有点抵触，此刻倒觉得是个淳朴孩子，便消除了一些戒心，告诉他标本工作室租约发生变化，不过已定好搬家公司，明天搬去一个新地方。

王小蛇要求一起搬，我就把牛头栅的门牌号告诉他，搬家公司九点到，因为还有些东西要打包，就跟他约好七点直接在那儿碰头。

问起昨天为什么靠不了岸，王小蛇道出了原委，接到羊一丹通知后，他就准备了皮张搭那艘双桅渔船来城里，连夜航行，昨天中午在洗笔江的一处码头接了羊一丹，拐到毗邻牛头栅的那条支流，准备把皮张送到标本工作室。未曾想，渔船虽不大，却往返于江海，吃水很深，靠岸很可能搁浅，跳板又不够长，正在纠结，却把港监招了来，因阻碍航道被罚了款，无奈掉头返回洗笔江。

又问了王小蛇住在哪里，回答是暂住船上，这才意识到双桅渔船可能是羊一丹的，王小蛇对此予以了确认。我觉得羊一丹很不简单，不禁回忆起那年去金堡岛捕鸟，敬师傅没有选择客轮，也是带着我们上了一艘渔船。吃不准是否和昨天是同一艘——外形也像尖头军舰，船身也有黑轮胎——唯一和记忆不符的是，那是一艘单桅船，停靠在洗笔江畔的水产市场码头，不知雾是脏灰色，船身是脏灰色，抑或两者互相浸染，总之是一个混沌的早晨。师徒四人带着两只矿灯、三把汽枪及铅弹，上了船。

甲板上弥漫着海鲜的腥气，船员们将卸空的十几只铁箩叠成堆，叼着烟整理着渔网，其中一个站在绞缆的铁架上，扭着屁股唱歌，被同伴一把拽了下来。

等雾气消散一些，渔船驶出水产市场码头，食宿区下层有统舱，相当于地下室，船员就住在这里。统舱放着两排卧具，也不是严格意义上的床，就是可以并排躺下的长铺。空间本就不大，一下子多出四个人，更显逼仄。

这是我第一次去金堡岛，白天和严松刘小虎两位师兄打牌聊天，敬师傅坐在舷窗旁，若有所思。渔船由洗笔江入海，大体风平浪静，不堪忍受的是，船员们的脚臭混合着船上经年沉积的鱼腥，喉咙浅的人必然作呕。快靠岸时，敬师傅说了不坐客轮的原因，金堡岛呈长条状，我们要去的滩涂在客轮码头另一端，还得换船绕岛一圈，或坐那种很慢的公交车横穿岛屿，不如搭乘渔船直接停泊在目的地。

不过他没说渔船是哪来的，现在想来，多半是羊一丹安排的。

那是一片望不尽的滩涂，褐黄色的芦苇荡像修剪过一样整齐，再过去就是虎皮山余脉的森林，传说中的金瀑从山顶落入海底。晓春三月，微咸的海风从皮肤上掠过，气温开始回暖，单衣却抵不住萧瑟，不是身体的冷意，而是心理的苍茫之感。这次捕鸟行动，是自然博物馆为扩充鸟类藏品，向野生动物主管部门申报的项目。相比其他科目，馆藏鸟类是弱项，敬师傅一直想充实这块内容，打了好几次报告，终于拿到了特许猎捕证。

这个季节，金堡岛滩涂上有大量候鸟，森林里有品种繁多的留鸟，从地貌看，从沼泽地延伸至山坡田野，一直通往幽深的森林，是难得的鸟类采集地。

敬师傅做了细致的前期准备工作，严松的枪法是学徒中最好的，刘小虎的特点是反应敏捷，准星虽比严松略逊，却胜在动作利落，弹丸射出和鸟翅扑扇的瞬间是场竞赛，刘小虎对严松说，你开一枪我已开出两枪，按概率也比你命中率高。

成行前，敬师傅安排我跟两位师兄去打麻雀练手，每次刘师兄的收获确实比严师兄大，铅弹损耗也大，两人彼此不服气，一个说对方浪费子弹，一个说对方收成欠佳，我跟在后面不吭声，虽然枪法进步还算快——第一次击落三只麻雀，后来都能打到十几只——但比起两位师兄动辄三五十只还是差距不小。从捕猎能力来说，我并非最佳人选。敬师傅之所以每次都让我参加，主要是出于栽培。这也成为我遭师兄们妒恨的原因之一，他们一直觉得师傅偏心，其实野外作息条件非常艰苦，我都想打退堂鼓。有时长辈的逻辑很奇怪，觉得吃苦是一种奖赏，周边人也认为是额外恩赐。我的看法是，年轻人吃点苦不是问题，但不能当作目的，不能为吃苦而吃苦，甚至伪造成崇高的样式，故意搞得很悲壮。

从捕鸟的效率而言，毒杀和网捕超过射击，事实上，两位师兄预备了有毒食饵和捕鸟网，出发前被敬师傅发现，训斥了一顿。原因是毒饵杀伤范围大，会造成大批飞禽死亡。网捕则无法遴选品种，很多不需要采集的鸟会因为挣扎而折骨断颈。标本师捕猎的初衷是用杀生的方式保存物种样本，所以要尽可能做到精准捕杀。这个道理当然是对的，但在具体对象上，敬师傅也会自相矛盾，比如对待麻雀，就不心慈手软，好像麻雀不是野生动物似的。

当然，不能因此说敬师傅伪善，每个人都有局限性，麻雀太普通了，和青蛙蝙蝠壁虎一样，是身边不起眼的小东西，繁殖力强，不值得珍惜，反正永远也死不完。

这让我想起旅鸽，一本写灭绝动物的书描述了这种北美飞鸟的消失过程，之所以对其印象深刻，是因为跟袋狼斑驴等其他灭绝动物不同，旅鸽数量曾极其惊人，在发现美洲新大陆之前，这种群居性候鸟多达五十亿只，最大规模的鸟群可达一亿只。十八世纪初的某个上午，当这支十五公里宽的旅鸽家族开始迁徙，赶着马车的拓荒人眼前突然黑了，如果不是刺耳的鸣叫和振翅声，还以为走进了另一个时区。待太阳重新出现时，已是三天之后。鸟类学家听到这个不可思议的事件，发出了旅鸽永远不会绝迹的感慨。

话音刚落，旅鸽的噩梦就开始了，由于拓荒人和穷人短缺肉食，旅鸽成为一道取之不竭的天然食材，成吨成吨被扑杀，鲜美的鸽肉通过蒸汽火车运往各个矿山小镇，等人们意识到旅鸽群的出现已是罕见现象时，立法保护为时已晚。1900 年初春，随着一名少年猎手打下最后一只野旅鸽，人类用不到一百年时间就消灭了这种史上数量最多的鸟类。又过了十几年，仅存的一只饲养旅鸽也在动物园死去，从此世间再无活体旅鸽，只有为数不多的剥制标本被保留下来。

很多标本师都知道旅鸽的故事，但在实际生活中，仍不会将麻雀视作旅鸽。我不是那种容易被悲情渲染的人，哪怕麻雀有一天像旅鸽一样灭绝，也不过是丛林法则的另一次演绎而已。射杀麻雀时，我没有任何犹疑，虽然枪法没严师兄好，出手却和刘师兄一样敏捷。敬师傅没亲自指导我射击，却告诉我两个要点，首先是果断扣动扳机，再就是务必瞄准羽毛稠密的胸部——击中即死，制作标本时，伤处也易于修补——切忌瞄准背腹部，多半会负伤飞走，即便射落，双翼和尾翼也易破损，而从分类学来说，鸟羽是重要依据。敬师傅说的虽是麻雀，但基本可涵盖整个鸟类的采集。

之所以只带三把气枪，是因为敬师傅患白内障，视力已不允许射击，我多次劝他做白内障手术，他讳疾忌医，回我一句，现在就是模糊点，万一搞瞎了，就成了废人。

因此，此次捕鸟行动，敬师傅更像一个向导，他记忆力很好，凡去过的地形皆熟稔于心。渔船在一个破码头旁靠岸，有人来接应，就是羊一丹所说的前不久去世的查北斗师傅，查师傅是标本大师魏老鬼入室弟子，和敬师傅是旧知，年龄也相仿，他身材瘦小，看背影像没发育好的小男孩，虽源自不同师门，互相都很尊敬，不是那种寒暄式的尊敬，而是惺惺相惜。我私下想，年轻时肯定也彼此不服气，年岁大了，傲气收敛，就相敬如宾了。

查师傅有门绝技，嘴里含枚竹哨，一只鸟飞过，瞄一眼便知品种，唇间响起相对应的鸣啭，飞鸟误以为同类，遂掉头盘旋，尤其在鸟类发情期，能摹拟惟妙惟肖的求偶声，引来各种飞禽。

查师傅的鸟哨给捕鸟带来很大帮助，我们在岛上待了九天，滩涂和山林两种地貌，栖息的鸟类不同，捕杀方法也不一样，沼泽中多的是鸻形目鹳形目，云雀爱在泥滩上啄食草籽，鹬鹭喜欢涉游，或在芦苇中寻觅贝螺。由于空旷，人容易暴露，须躲在坡坎茅舍等处。查师傅鸟哨响起，被引诱的鸟扑楞楞飞来，一俟出现在射程内，枪声旋即响起。相比滩涂，山林里鸟类更多，最常见的是雀形目，从生活形态分类，有地栖、树栖以及旋木雀这样的攀缘鸟。林中捕鸟和滩涂迥异，草木间的捕猎者不易被鸟发现，可要在繁茂的树丛中发现鸟同样也非易事——要规避马蜂窝和当地猎户布下的陷阱，判断各种声调不一的鸟鸣，观察落叶上的鸟类呕吐物及排泄物——标本师和猎人不同，前者是采集，后者是打猎。猎人逢鸟就打，不看品种只管数量，标本师则在意品种，而不是数量，以期达到增补科目的目的。

查师傅给我们安排了住宿，九天换过两户，开始住在滩涂旁的一户渔民家，后几天住在虎皮山脚下的一户农家。清晨及临近傍晚是鸟们出来觅食的时间，也是捕鸟最佳时辰。地栖性走禽多群居，喜欢栖息在稠密的灌木丛，搜寻目标时因植被阻挠，很难迈步，硬往灌木丛中挤的话，如果恰巧有走禽，就四散惊跑了。不过这也是收获，因为它们总要回到原栖地，只需耐心候在附近，短则几十分钟，长则数小时，它们就出现了。如果是一窝长尾鸡，可能会放弃，因为不在采集之列。如果是几只白鹇，虽然已有馆藏标本，因为要补充一组，就会被射杀。

鸮形目昼伏夜出，采集难度较大，是此次捕鸟行动的重点。和许多猛禽一样，鸮类有唾余本能，也就是吐出不能消化的毛羽碎骨，若在针叶林中发现一小堆新鲜的灰黑色呕吐食丸，基本可断定有鸮形目存在。鸮形目即民间俗称的猫头鹰，被视作不祥之鸟，坏名声的来历有两个，一个就是唾余，古人误以为这是猫头鹰吞噬父母吐出的遗骨，其实唾余和反刍一样，是生理现象，不仅存在于鸮形目，也存在于某些猫科动物。另一个就是诡秘的脸，像猫也像人，一只长着人脸的鸟，叫声凄厉，俨如死神的使者，当然令人不寒而栗。

伏击鸮形目，查师傅的鸟哨作用就不大了。只能用笨办法，在发现唾余的针叶林，举着矿灯搜寻，一旦刺眼的光柱照到目标，趁着猫头鹰晕光的刹那，立刻扣动扳机。有时，在白天也能偶遇鸮类，习惯了夜间飞翔，它显然不适应光明，飞起来颠簸不定，仿佛被气流控制住的风筝似的。不是所有鸮类都是猫脸，比如松雀鹰，看起来更像小号老鹰。当然更多是红角鸮这样的圆盘大脸，在漆黑的夤夜，无声无息地叼起原野里一只肥硕的田鼠。

从滩涂转移到虎皮山那天，发生过一个插曲，敬师傅说去山里转转，拿着矿灯走了，天色全暗了也没回来。我和两位师兄怕出事，准备去找。查师傅倒是很笃定："深山老林，真有事你们也找不着，还把自己弄丢了，放宽心，苟原先生不会有事的。"

果然第二天一早，敬师傅回来了，眼睛中布满血丝，却抑制不住兴奋。他告诉我们，在巡山过程中，巧遇一只凤凰，和神话中描绘的一模一样。他追了很久，从山林追到滩涂，日出时分，凤凰迎着朝霞飞远了。

严松说："师傅白内障眼花，看错了吧？"

刘小虎也说："可能是锦鸡吧，要不就是孔雀。"

敬师傅嗤之以鼻道："你师傅眼神再不济，锦鸡孔雀还是能认出来的。"

查师傅在边上抽着旱烟，吐出一只漫漶的大白圈："是凤凰，我也见到过。"

我们三个徒弟面面相觑，查师傅不紧不慢地加了一句："世上哪来什么神话，凤凰和龙都是有的，有没有缘分遇见罢了。"

7月10日　星期日

这段日子和搬家耗上了，从东映小区搬到海虹小区，从阴阳浦小学搬到牛头栅，又从牛头栅搬回东欧阳村。一些事务看似重复，使生活陷入某种停摆，也不是全无意义，显而易见，我和焦小蕻的关系发生了变化。每一场爱情都来历不明，就像传说中的凤凰，对世人来说，只是虚构的百鸟之王。可敬师傅说看到过，查师傅也说亲眼目睹，对我来说，宁愿相信这是被遮蔽的现实，也不愿相信那是邈远的神话。

现在，要从牛头栅搬走工作室。对我来说，无论住城里还是郊外，都不是问题。但不可否认，对搬往东欧阳村，还是有点纠结，相信焦小蕻也能洞悉，只是我不会说出来，她也不会，彼此心照不宣吧。

忽然意识到，王小蛇的出现非常及时，正好充当心理缓冲的角色，我对他说，你别住船上了，住工场间吧。我故意沿用了他的说法，没说“标本工作室”。有时在处事细节上，我会不经意间流露出缜密的心思，或许源于敏感，或许源于自我怀疑。须知，王小蛇只是一个土里吧唧的乡下小伙子，为什么要迎合他的感受呢？那是一种未经深思熟虑的拘泥，和王小蛇无关，和任何具体的人无关，得承认自己是自私之人，顾及别人感受更多是为了顾及自己。

王小蛇说先要问羊姨，因为她正在给他找住处。我知道这不过是礼节性的知会，心里巴不得我能收留他。

和王小蛇正在打包，橄榄脸村妇来了，一进门就是讨好的语气：“先别忙着搬，房钱的事好说。”

神情与前天的凶神恶煞判若两人，我立刻明白是怎么回事了，真是见识了什么叫厚脸皮，都把话说得那么绝了，还能觍着脸收回去。我动作没停，当然也不会改主意，这样的房东只配两头落空。

我对她说："可是我借好新地方啦。"

"怎么可能这样快？一定在骗我。"

"好吧，在骗你，就是搬到大街上，也不借了，把剩下的房租还给我。"

橄榄脸村妇嘴巴像青蛙般张开："那还赖着干什么？赶快滚，现在就滚。"

她朝床架踢了一脚，我瞥她一眼："尽管踢，把房租还给我。"

橄榄脸村妇开始干嚎："你们都欺负我一个寡妇，谁欠你房租啊。"

我脸一沉："耍无赖对我没用，我马上就搬走了，你可住在这儿，我在暗里你在明处，你自己掂量。"

一束浑浊的目光逗留在我脸上，似乎在判断我是否心狠手辣之徒。她还是被恐吓住了，从口袋里掏出一小沓纸币，沾着唾沫点了两遍，恶狠狠塞进我手里："赶紧给我滚。"

说罢怒气冲冲走了。

收拾得差不多了，才八点出头，去郊区车始发处找了家面馆，收银台隔板上有两门电话机，边上贴了张纸，用碳笔歪歪扭扭写着八个字：公用电话对外营业。

趁着等面条的工夫，拨通了羊一丹手机，她感冒没痊愈，还在咳嗽。跟她说了准备让王小蛇在东欧阳村住下的事，她马上同意了：“这太好了，渔船明天就要返航，我生病一时也没法找房子，正愁他明晚住哪儿呢。”不过附加了一个条件，住宿费她来承担。我没答应也没不答应，因为跟她解释我自己也没付房租颇费口舌，就支支吾吾把电话挂了。

回头对王小蛇说：“羊姨同意了。”

王小蛇嘿嘿笑着，好像早料到这个结果。事实上，早上他是挑着扁担过来的，一头是人造革包，里面是换洗衣服和日用杂件，另一头是蛇皮袋，不必打开，闻一下味道就知是动物皮张。不过我还是按捺不住掀开打量，共六副：一张麂子皮、两张野猪皮、两张猞猁皮、一张长臂猿皮。我愣了一下，除了野猪各地常见，麂子属于亚热带物种，猞猁产自寒冷地区，长臂猿是南方边陲山区的濒危动物，说明羊一丹皮张来源很广。前三种标本我都做过，长臂猿数量稀少，合法猎杀的可能性几乎不存在，自然博物馆也没库存皮张，所以一直没机会做。我低声问王小蛇：“都有猎捕证？”其实身边并没别人，却下意识降低了音调。王小蛇疑惑地看我一眼：“什么猎捕证？”才意识到他是个乡下娃，野生动物的禁忌对他而言很可能是知识盲区，便噤声当什么都没说。

吃完面条往回走，搬家车刚好开来，还是前几天那辆小货车，司机也注意到我，把头探出车窗：“这位兄弟，怎么刚搬来又搬走？”

我苦笑道："别提了，太折腾了。"

两个多小时后，小货车缓缓驶进了东欧阳村。

拿出焦小蕻给的那把钥匙，打开对开大门，一股藓苔味扑鼻而来，面部被悬空的蛛丝粘了一下，慌忙去抹，手臂上也有了蛛丝，却不知蜘蛛隐在何处。房梁很高，正屋大概有三十平方米，前后都有窗，地面用正方形小青砖铺就。左右各有一间侧房，除了几样农具箩筐，还有一只因断脚而倾斜的梳妆台，几把椅子，一只墨黑的铝锅搁在废弃的炉子上，墙角堆着煤饼，窗帘上丝丝缕缕的灰层和蛛网，静止不动。

退到门口，正寻思着怎么布局，身边有人一惊一乍道："这不是世阁的同学么，怎么也搬来了?"

回头一看，正是那个谷姨，便说："乡下空气好，清静。"

"说的没错，别的不说，你看这石头路，市区早看不到了，好天不扬灰，下雨不打滑，比水泥路好多了。"

我笑笑，她继续往下说："我家动迁，在这儿过渡快一年了，马上要搬回市区，倒有点不舍得了。"

"这里有很多市区来的动迁户?"我问。

"哪有，这里毕竟是郊区，动迁户不会借这么远，和世阁家是姨表亲，没收我钱。我退休了住哪儿都一样，贪小就搬来了。"

"世阁家房子真多。"我说。

"可不是么，祖上家业大，子孙福报浅，一脉单传，年纪轻轻就没了。对了，谁把房子借给你的？”

我笑笑，没回答。谷姨却反应过来：“是小焦借给你的吧？有一段时间没见她了。”

见我没接口，她兀自道：“他家好像还真没什么人了，这样说来，房子都归小焦了。”

我朝她瞥一眼，她可能意识到自己多嘴，便说：“那你先忙吧。”

一边安顿家具，一边寻思怎么安排王小蛇的起居——虽将标本工作室放在了乡下，可不想长住这儿，工作吃紧时可以留宿，没事还是想待在市区——那张床可以留给他睡，三餐倒是不必担心，阴阳浦有点心店也有小饭馆，他既然是羊一丹雇工，总有一份固定薪水。助手要是干得好，我会考虑从收入中给他一些补贴。关键是，让王小蛇住东欧阳村，既是工作需要，也遮蔽了将标本工作室驻扎在欧阳世阁家所产生的心虚。

本想搭小货车返回市区，想到王小蛇在渔船上都住臭了，决定带他去老街的澡堂洗个澡。不过还得连夜赶回市区，因为只有一张床，我可不习惯和男人一起睡。

装卸完毕，和司机结了账，让小货车开走了。

左侧房锁着，既然焦小蕻未给钥匙，说明是留作自用——便将那些二手商店买来的木板床、衣橱、樟木箱逐一搬入右侧房。右侧房有十四五平方米，完全空置。我和王小蛇将蚊帐支撑起来，窗玻璃上有一层纱窗，因为积灰，网孔完全被堵塞，手指一撸，露出墨绿的本色，退后看，像一条菜虫匍匐在窗户上。

让王小蛇把换洗衣服挂在衣橱里，他朝人造革包踢了一脚："乡下人不讲究，也没几件衣服，就在包里放着呗。"他的大皮鞋又变得很脏了，想必那天是为了来见我才特地擦的，却忘了擦鞋跟。

后添置的那张大长桌，以及书桌、标本工具箱都放在了正屋，这就是标本工作室的主体空间了，还真是有点寒酸，不过作为手艺人，从一副皮张到栩栩如生的动物标本，凭的是心灵手巧，相比腾挪不开的市区住所，拥有这样一个较为宽敞的工作环境已颇为知足。

一边将电热水瓶、玻璃杯放在书桌上，一边给王小蛇布置任务："门口有拖把，回头把工场间拖一下，把纱窗擦一擦。"

"好的，欧阳老师。"他答应道。

还是跟小时候父亲带我来公共浴室时那样，偌大的澡堂里泡着很多人，王小蛇脏得跟泥猴似的，刚打完一遍肥皂，水面便漾出污沫，周遭传来一片埋怨声："这么脏就下水，不能先去冲淋再来泡澡啊。""一池水都被弄脏了。""真他妈的倒霉，没法再泡了，走吧走吧。"

王小蛇爬出澡堂，又细又长的身体像根变异甘蔗，松松垮垮的阳具耷拉在胯下，和它的主人一样，被骂蔫了。

我也觉得理亏，人是我带来的，也怪我疏漏，没带他先去淋浴再来泡澡，结果犯了众怒，我一边像家长一样向大家赔不是，一边领着王小蛇到了淋浴区。他委屈地说：“我在岛上都在河里洗，冬天去虎皮山泡温泉，天然澡堂，再脏也没人骂。”

“虎皮山还有温泉?”

“嗯，知道的人不多，听我师傅说，还有凤凰呢。”

7月11日　星期一

昨晚离开公共浴室，把标本工作室钥匙交给王小蛇，直接去赶末班车。郊区不便之处就是夜里九点以后就没车了，所以阴阳浦村民去市区办事，宁愿自行车出行，反正也就骑一个多小时。若是比阴阳浦更落乡的远郊，骑车太累，只能借助郊区车，一旦进城就必须掐着表往回赶，或者在市区借宿一晚。

回到海虹小区住所已近十点，搬家疲顿，又泡了个澡，睡得很沉。早上八点被信息吵醒，是羊一丹发来的，说她临时有事回金堡岛了，过几天再来，届时去标本工作室拜访我，船上信号不好，不必回复。

洗脸刷牙，带了套干净被褥，用旧床单扎好，出了门。在小区门口的小吃店吃了碗馄饨，坐车去二手商店，准备再买张床。二手商店像废墟，也像宝库，破败中总能找到你需要的东西。看中一只四尺半木床，又转了一圈，觅得落地台灯和煤油炉各一。店里有黄鱼车免费送货服务，不过局限在方圆数里之内。考虑到是老主顾，店经理勉强同意送到东欧阳村："一来一回得三个小时，你给送货师傅买盒好烟吧。"

"没问题，我给他买水买烟。"我说。

送货的是个六十开外的胖老头，麻利地把床拆成一副床架、两根连接铁条和一块床板，连同落地台灯、煤油炉、被褥一起搬上车，我扶着床架和床板坐在后面，一路没什么话，中途下来过四次，三次是上桥帮着推，一次是去路边小卖部买水买烟，顺带买了两串烤肉肠，老头身上的卡其布单衣前襟和后背湿透，一仰脖，咚咚咚把一瓶水喝完，嚼着肉肠，面色从潮红慢慢恢复常态。我点了两根烟，递一根给他："你每天骑车拉货，怎么没见瘦?"

他咽一口肉肠，给我看鼓起的臂肌："别看我胖，不是浮肿，都是栗子肉。"又拍了拍肚子，"你看，硬邦邦的，干活才有力气。"

阳桥是抵达前的最后一座桥，我照例下来帮推，刚下了坡，见焦小蕻沿着人行道旁一排树在走，虽距离百米，还是一下就认出了她，白衬衫束在黑色及膝的筒裙里，一根窄边腰带勾勒出细腰，手里提着一袋香蕉苹果。我追上去，跟了几步，绕到她跟前，她一捂胸口："你吓了我一跳。"

"我来帮你拎吧。"

"不用了，不重。"

"你来阴阳浦怎么不说一下?"

"我来又不是找你，为什么要和你说?"她露出奇怪的表情。

“好吧，算我自作多情。”

“标本工作室弄得怎么样了？”

“简单弄了一下，今天就准备开始做标本了。”

“那好呀，我可以去看看么？”

“当然可以，不过动物皮张一股臊臭，你肯定不喜欢。对了，刚好有个事问你，右边房是锁着的，没什么贵重东西吧？”

“没什么贵重东西，那天光想到大门钥匙，忘记告诉你了，里屋钥匙就挂在后窗窗帘的铁搭扣上。”

她这样一说，我顿觉释然，刚才还在想，看来得和王小蛇住一间了，虽是两张床，还是不自在。倒不是穿裤衩或打赤膊时别扭（在澡堂脱光了也很坦然），主要是卧室乃私密处，不愿外人在身边滞留，万一邻床还打鼾起夜，自己也别睡了。

送货老头骑到边上，问怎么走，我朝东欧阳村的方向指指，他踩着踏板，慢慢超到前面去了。

“你把扁豆拿来了么？”

“放在家里呢，你要哪天给你送过去。”

“先放在你这儿吧，想它的时候去看看就行了，你还常回市区么？”

“当然了，除非有特别急的活，要不我每天都回市区，不在这穷乡僻壤待着。”

“你当初还死乞白赖调到这儿来呢。”

“那是为了追你啊，喜欢一个人总没错吧？”

“不要轻易说喜欢，更不要轻易说爱，我先去学校拿份文件。”她在岔路口伫足。

“不是放暑假了么？”

“约好的。”她莞尔一笑，转身往阴阳浦小学方向走去。

凝视她的背影，几乎就是苏紫翻版，那一刻，我是多么怅然若失，所有的忧伤汇成水声，浪涛澎湃，鱼虾俱鸣，压迫着耳膜，令我差点跌倒在地，唯有把嘴巴努力张大，好让幻听尽快消退。

难以忍受的衰竭感幸好很快过去，跟着送货老头进了东欧阳村，王小蛇正在井边打水，走过来帮忙。卸完货，送货老头要走，我给了他一包整烟，将没抽完的大半包也扔给他，他嘿嘿一笑：“这一趟真是够远，那姑娘是你女朋友吧？挺漂亮的。”

这是第二次有人说焦小蕻是我女朋友，上次是米开朗基罗咖啡馆的倪姐。当初和苏紫在一起，也常被人赞女朋友漂亮。回忆总是伴随着伤感，有时又像无中生有的梦幻。须知世事归于岁月这块橡皮，除了淡淡的印痕，皆不会留下。回忆不是邀约，而是烂醉如泥的酩酊汉不请自来，赶也赶不走。

王小蛇很勤快，正屋与左侧房地面均用水拖洗过，小青砖的缝隙被水线勾勒出来。

掀开后窗窗帘，果然看到一只钥匙圈挂在铁搭扣上：两把钥匙（应该分属左右侧房）加一把袖珍折叠剪刀。

将钥匙塞进锁孔，没打开，换一把，打开了。地上有几朵绢花，说明这里放过花圈，清扫时残存下来的。摆放过祭品的地方多少有点阴气，常年与动物尸体打交道，我并不忌讳死亡，也不怎么相信鬼怪亡灵。即便存在，也是另一个世界的事。对不可知而引起的禁忌，我宁可理解成是人类的迷茫，信仰和迷信一样，都是用于解释世界的自圆其说。乃至于宗教，也不过是另一种意义上的迷茫，用貌似至高无上的造物主来控制心智，本质上也是解释世界的一种自圆其说。倒是那辆轮椅让我一愣，它慢慢转过来，那个左耳有块小突的少年，虽年代久远样貌却依然清晰，倏忽之间，他的五官消失了，一张空白面孔被雨丝裹挟。静谧的河边，他并不知道即将溺亡。危险往往发生于瞬间，没有任何先兆。一只黄鼠狼钻出灌木，钻进另一丛灌木。轮椅下滑速度非常快，像有一股比疾风更果断的外力掀翻了它。当我们置身人间，所有的死亡都是预习，相比于恐惧，生命的突然消散是一种恩赐。借死亡而遗忘并不可怕，最不堪忍受的反倒是被迫永生，当你无法决定死亡发生，连一副动物皮张都难以采集，更无法把控自己的人生，我掉头对王小蛇说："把轮椅推到主屋去吧，把这间的地也拖一下，以后我就住这间。"

搭好床架，铺一层床褥。回到正屋，打开标本工具箱，两座微型仓库一黑一褐各有两层，褐色那只，上层放着钢丝钳、解剖刀、羊角锤、木锉、凿子、骨剪、手摇钻、游标卡尺和卷尺。下层放着绞手、充填器、蜡盘、油灰、针线、粗细不一的铅丝、笔刷、底板、玻璃义眼和一粒椒。黑色那只，摆满瓶瓶罐罐，装着明矾、硼酸、苯酚、樟脑、松香水、白胶、石膏粉、三氧化二砷、三氯甲烷，还有一只并不起眼的小玻璃瓶，侧在光线下，里面是灰绿色的膏剂，换一个角度，则呈现出淡金色。有时我会旋开瓶盖，嗅一嗅那股很难描述的异香。

皮张虽做过简单处理，却已变硬，先得用水浸泡软化。本想和王小蛇一起去老街的日杂商店买扁木桶。考虑到焦小蕻待会儿要来，就让王小蛇自己去买，除了扁木桶，还需两条棉花胎，拆开用来填充。中型以上动物要搭建架构，有时还要借助铁构。日杂商店右拐，有一家供销社下属的生产物资站，可买到木条和木块备用。

王小蛇拿着扁担出门，过了一个多小时，挑着扁木桶和棉花胎回来了。“木料也买到了，喘口气再去拿。”他说。

“午饭时我和你一起去。”我将长臂猿皮放进扁木桶，慢慢倒入清水，按压浸没，皮张质量不错，采用的正是适于灵长类的背剥法，猿猴喜欢袒胸屈立，缝合线要隐在背后。

一抬头，见谷姨正趴在前窗，我朝王小蛇使个眼色，他去关窗，把窗帘拉上。

“以后做标本时都把门窗关上，也别跟邻居说我们在这里干什么。”我叮嘱道。

“知道了，欧阳老师，”王小蛇跟我说话总是怯生生的，“不过后窗还是开着吧，要不光线太暗了。”

后窗外是一小片荒掉的菜园子，围着两米高的篱笆墙，作为私宅的一部分，除了野狗野猫会从缺口挤进来，外人不会擅自闯入。再远一些，就是孤帆远影的洗笔江了。

久等焦小蕻不来，我和王小蛇准备去老街觅食，走过那间有铝合金窗户的屋子，大门虚掩，传出了琴声。

让王小蛇稍候片刻，推门进去，厅堂中央悬着欧阳世阁的遗像，哀婉的氛围早已抵消了婚房的喜庆，遗像下方的供台，一炷香袅袅上升，堆放的仿佛还是那天的香蕉苹果，只有那只牛皮纸文件袋——应是焦小蕻去阴阳浦小学拿的材料——令时间显出真实感。

房子格局跟借给我的那栋一样，主屋加左右两间侧房。琴声来自右侧房，旋律很陌生，猜测是《芦花流水》或《阴阳浦月夜》。推开门缝，见焦小蕻弹拨的背影，她应该意识到门外有人，指间出现一个颤音。一曲甫毕，她转过身来，眼眶微红，显然刚哭过。不必问，定是触景伤情，想起了欧阳世阁。

“等这炷香烧完，你把水果拿去吃吧。”她来到遗像前，点一炷香，拜了三拜。

“不是祭品么?”我也拿一炷香点上，拜了三拜。

“祭品都是摆摆样子的，最后还不是给活人吃的，懒得再拎回市区了。”

“我待会儿也回市区，帮你拎着。”我说。

“今天不做标本?”

“皮张还没泡软，待在这儿也没用，明天再来。”

“去你的工作室看看吧。”

走出屋子，见门外站着王小蛇，她愣了一下，我介绍说是合作方派来的助手。把王小蛇拉到一边，说临时回市区，不和他一起午饭了。

王小蛇点点头。我补了一句：“取完木料，再买条竹席，用热水烫一遍晾干，铺我床上。”

王小蛇点点头。又叮嘱他别忘了翻动皮张，换一次水继续浸泡，等我明天来开工。

王小蛇说知道了，便自行去老街吃饭办事。

焦小蕻偷笑道：“真啰嗦。”

“没办法，他刚来，还没到一点就通的地步，得说细点。”

说着，带她来看标本工作室。

“打扫得很干净，比我想象中简易很多。”她评价道。

“你以为会有很多复杂的设备对么，其实标本师和木匠差不多，手艺人。”

“很好奇怎么将一张皮变成标本，可惜你今天不做。”

“反正是暑假，随时可以过来看我做标本。”

“我可能会害怕，还是看成品吧。”

“剥皮时是有点血腥，处理过的皮张没什么好害怕的。”

“上次你说你师傅留下一瓶仿制的古代防腐剂，什么样子的呀？”

“就是一瓶膏剂，听师傅说，可以使人体不腐不坏。”

“是佛教里说的金刚不坏之身么?”

“哪有什么金刚不坏之身，和尚圆寂后，用药泥裹封，贴上金箔，而人体标本是完全外露的，工艺难度不在一个级别。”

“这倒也是。”

“师傅做过实验，给裸白鼠服用这种仿制膏剂，标本在空气中可以不腐不坏。”

“服用后变成标本？岂不是毒药么?”

“应该是剧毒吧，香气倒是特别好闻。”

“听着像香港鬼片，能给我看看么?”焦小蕻脸色一暗，被阴森森的想象控制住了，她迫切地看着我，似乎要用眼见为实来抵消内心的害怕。

我去将黑色标本工具箱打开，取出那只小玻璃瓶，旋开瓶盖，异香旋出来。明知是剧毒物，还是会忍不住深嗅，沁人心脾的香气扩散在屋内，如同麻醉剂，具有摄人魂魄的魅惑力。

“真好闻，不像是自然界的香气。”她探头看了看小玻璃瓶里面，皱了下鼻子。

“我觉得像鬼魂的香气。”我拧上瓶盖，将小玻璃瓶放回黑色标本工具箱。

“被你说得好怕人，我得赶回去了。”

她去自己的屋子取了文件袋，将水果放进塑料袋，我帮她拎着，出了东欧阳村，往阴桥方向去坐近郊专线。

车上站着的乘客不多，仅在车尾长座椅上还有空座，我们便去坐下。焦小蕻低声问：“明明还有座位，怎么那几个人宁愿站着?”

“常遇见这样的，可能有些人不喜欢坐着吧。”

“上次你说你是世阁祖父辈是真的么?”

“按家谱应该是，不过早过了五服，就是本家而已，虽然一个祖宗，东西两村平时不怎么来往，东村人自认有文化，看不起西村人，历史上好像还斗殴过，就更不来往了。”

“阴阳浦姓欧阳的很多，要么是远亲，要么和你一样只是本家，世阁家这支是单传。”

“单传，要是没后代，就是绝后了。”

“话是这么说，东西两村还是一个祖宗呢，不也没什么来往，几代一过，绝后不绝后都是虚的。”

“说透了就那么回事，我午饭没吃，可以吃根香蕉么?”

“赶紧吃啊，就怕空腹吃香蕉会滑肠。”

“那是不懂装懂的人瞎传，非洲某些国家香蕉还是主食呢。”

“那你再吃一根，一根吃不饱的。”

“我就是垫一下饥，待会儿下车去吃点面食，我不是非洲人，还是面食管饱。”

“你这样两头来回跑，也挺吃力的。”

“也还好，有活就在乡下住几天，没活就回市区，这次做六只，大概待四五天，你要是没事可以来看怎么做标本。”

“我倒真是有点好奇，不过也有点害怕，想起来就血淋淋的，还是算了。”

“那等我把这批活干完，请你看电影吧。”

“看电影呀?”她迟疑道，“要不，还是去那个咖啡馆坐坐，把扁豆也带来。”

“也可以啊，完工了发信息给你，我把扁豆带来。”

7月16日　星期六

转眼到了周末，晌午时分，羊一丹来到东欧阳村，她是昨天返回城里的，一到就发信息约我。六件标本已大体完成，留待细枝末节做局部塑形。塑形是标本填装后的关键步骤，尤其是头部，颇费耐心，以长臂猿为例，唇形肥厚，须翻开塞入油泥，使之呈现肌肉的饱满感。借助一根细绳将上下颌扎紧，遗落的碎骨用小木块替代，再松绳分颌，缝合剖口。眼部是重中之重，所谓的画龙点睛，用于标本也很恰当。眼眶皮薄易破，用镊子廓圆眼睑，白胶与油泥拌匀后涂进眼眶，一边植入义眼一边将眼皮遮住。标本在通风阴干过程中，填充物会发生坍陷现象，可通过提拉捏揿加以矫正。像长臂猿这样的树栖动物，底板最好铆一根弯枝，看上去愈加生动。凡标本下肢，皆预留一截粗铅丝，以供插进钻头打出的木孔，反面旋上螺帽——长臂猿喜欢直立，只能固定两条下肢，稳定性稍差，弥补的方法是利用尾部做牵引，调整姿态令其平衡——最后用油彩修饰裸露部分，辅以调制好的松香水与清漆，将足爪等角质刷出光泽，一件标本才算功成。

“果然是苟原先生高徒，手法老到娴熟。”羊一丹夸赞道。

“羊姨你别这么说，和师傅比，我只是学到了皮毛。”

“小蛇，你得好好向欧阳老师学习，机会太难得了。”羊一丹像跟儿子在说话，语气中既有教诲，也有训诫。

“学着呢，羊姨。”王小蛇怯生生道。

“小蛇很勤快，帮了我不少。”我说。

“这孩子比较懂事，要不也不敢推荐给你。”羊一丹说。

“谢谢羊姨，有小蛇当帮手，省了我不少心。”我们仨之间称呼有点乱，不过非亲属不讲辈分。

羊一丹虽不是标本师，看多了，早已是行家。溢美之余，提了一处瑕疵：一只猞猁的右耳略有变形。这确实是疏忽，兽耳瘦薄，很容易风干走样，竖有簇毛的尖耳是猞猁标志，做坏就等于破相了。这只猞猁是昨天完成的，收工前，倒是按规范剪了马粪纸片，用曲别针分别将双耳夹住，随后带着王小蛇去老街下馆子。第一次完成订单，给自己庆个功，点完菜，叫了啤酒，王小蛇只喝了半杯，脸就红到了脖子根。见我高兴，他兴致也很高，我一杯他一杯，两人共喝了六七瓶，我酒量本也不大，相互搀扶着醉醺醺回到工作室，各自回房倒头睡去。

半夜口渴，去主屋喝水，打开灯发现地上有马粪纸片，那只猞猁的右耳耷拉下来，显然是没夹稳，我极少犯这样的低级错误。不过当时酒力上头，晕乎乎的，便又去睡了。

羊一丹敲门时，刚起床不久，还没来得及处理。告诉她不必担心，有办法弥补，找块湿布将耳朵濡软，重新捋回原状，用马粪纸片夹紧定型即可。

羊一丹微笑道："我哪有担心，你是大师级别的，处理这种小毛小病，当然手到病除。"

因为要赶回市区参加一个婚礼，羊一丹待了一个多小时就离开了。标本完全阴干有个过程，商定十天后派人来取货，我和王小蛇送她到村口，折回标本工作室，准备将猞猁耳朵修整完后返回市区，和焦小蕻约好下午三点在米开朗基罗咖啡馆碰头。

浸湿了一块小毛巾，捂在猞猁右耳上。听到有人敲门，打开一看是堂弟晓雷。搬来快一个星期了，一直没去西欧阳村老宅。一来忙于干活，二来不喜欢和亲戚走得太频，知道我住得近，肯定要常走动，其实也没什么话说，还不如去河边钓鱼（自从上次鱼线被水蛇挣断，有一阵没摸过鱼竿了）。昨天早上和王小蛇在老街吃面，遇到晓雷父子，隔着好几桌，小东子眼尖，叫着大伯就跑过来了。我虽是名副其实的大伯，却不喜这个称谓，感觉在叫中老年人，我还是个未婚青年呢。私下和小东子商量改叫叔叔，他年纪小，规矩却大："这不行，你就是大伯。"乡下人很多地方活得马虎，偏偏辈分严谨，连小东子这样的孩子也知道不能有差池。

晓雷端着碗在对面坐下："哥，你怎么在这儿?"

既然撞上了，只好告诉他在东欧阳村弄了个标本工作室。

为避免三天两头见面，先打了预防针："也是有活才来，平时在市区。"

"我不打搅哥正事，有空就去瞅瞅，没几步路，扑空也不要紧。"晓雷说。

这话可不是客套，果然，今天就来了。

我正处理猞猁的耳朵，手上没停着："小东子怎么没来?"

"他去邻居家玩了，"晓雷说，"对了，昨天在面馆忘记告诉你，你爸前几天回来过一次，召集了我爸和三叔，想把老宅翻新一下，说是等过几年退休，好回乡养老。"

"一个人来的?"我问道。

"嗯，不知为什么，大伯这次特别显老，上个月奶奶去世时见他，还挺精神的。"

"老就是一下子来的，怎么忽然想到回乡养老了?"

"叶落归根嘛，倒是好理解。"

"他又不是七老八十，老婆还那么年轻，离叶落归根还早着呢。”我转过身交代，“小蛇，待会儿买把篦子，把这撮猞猁毛篦顺了。”

“好的，欧阳老师。”王小蛇跟我说话总是很拘禁。

“晓雷，我回城有事，不陪你多聊，下次来，去看二叔二婶。”

“行啊，那我送哥去车站。”

路上晓雷对我说他又快当爹了，虽然二胎要罚款，不过他挺开心的。

“恭喜啊，最好是女儿，凑个好字。”我拍拍他肩膀。

“我还是喜欢儿子，不过真生了女儿也会喜欢，都是自己骨肉，对了，哥你得抓紧找个嫂子了。”

“一定抓紧，一定抓紧。”我又拍拍他肩膀。

过了阴桥，下坡拐弯就是车站，一辆近郊专线刚好按响喇叭。跳上车，看见晓雷往阳桥那儿跑过去，阴阳浦人很有意思，明明可以从阴桥直接转身，偏要去绕一圈。

半途遇到一辆货车抛锚，堵塞了一段时间，到牛头栅已近两点，想起还没吃过东西，却无丝毫饿意，每次酒喝多都这样，可能身体被酒精麻痹了，肠胃处于昏迷状态吧。

到牛头栅换了辆公交车赶回海虹小区，抱着那只纸箱出了门。到红祠小区只有一站路，米开朗基罗咖啡馆门前站着不少人，倪姐也在其中，惊魂未定的样子。

“发生了什么事?”我走近问她。

“三楼那个孤老太死了，”倪姐低声道，“你来喝咖啡?”

“对啊，约了上次那个姑娘。”

“今天喝不成了，警察还在咖啡馆让老郝做笔录呢。”

“孤老太死了，为什么让老郝做笔录？”

正说着，两名医护人员抬着一副担架出来，白床单洇出少许血迹盖住死者。倪姐旁开一步，叹气道：“别提了。”

原来两个多小时前，老郝刚来到咖啡馆，就听到楼上有人叫了一声：“少爷，我来找你啦。”

老郝推开落地窗户旁的小门，还没来得及探出头，啪的一声，天井里的盆栽被砸得稀烂，孤老太趴在血泊里。

案发时，倪姐还在来咖啡馆的路上，老郝是唯一目击者，当然警方也可以认为他是唯一嫌疑人。所以除了做笔录，还要勘查现场，调查结束前，咖啡馆暂时没法营业。

“老郝不会是凶手，没必要杀孤老太啊。”我劝慰道。

“警察也没说他是杀人犯，意外死亡总要调查一下，你说这老太婆缺不缺德，寻死还跳到天井里，真是晦气。”

我朝咖啡馆里面张望，转念一想，老郝为什么就不能是凶手呢？不是每件杀人案都需要理由，也可以这样说，一切杀人都是丧失理性后的结果，何来逻辑，更何况，可以给老郝安一个动机：把孤老太杀了就能完全拥有这栋小楼了。当然警察若是提出这样的质疑，老郝肯定会义正词严地反驳，她还能活多久啊，我有必要这样做么？

没错，听上去很有说服力，但不能从根本上撇清，只有证据才能挽救他的清白，而不是逻辑，刑事案中最没说服力的有时就是逻辑。

焦小蕻从马路对面走来，从七嘴八舌中知道发生了什么事。我迎过去告诉她，案发现场，今天打烊。

“扁豆带来了?”她看了眼纸箱。

“这儿还有别的咖啡馆么?”

“好像没有，要不去我们小区凉亭坐一会儿吧。”

城里稍具规模的小区都有凉亭，以六角单檐居多，偶见较复杂的重檐。中间放一只圆形石桌，配四墩石凳，一般都被退休工人占着打牌下棋。红祠小区的凉亭很新，斗拱与月梁雕着简单的镂空图案，顶部琉璃瓦焕发出类似珐琅的光泽，六根红柱及围椅刚刷过，摸了有沾漆的感觉。果然有一群老头，不打牌，不下棋，搂着搪瓷茶杯在摆龙门阵。焦小蕻讨嫌道：“刚才经过时还没人，算了，我还是回家吧。”

“我特地从乡下赶过来的呢。”我失落道。

“那要不去前面的红祠小学吧。”

出了小区左拐，再左拐，走进一条不具名小路，就到了红祠小学。门卫室没人，左边是操场，右边是校舍，穿过一条带天棚的Z形甬道，走到一小片苗圃前。

“你倒是熟门熟路。”

“是我母校，”她在一只长椅上坐下，“把扁豆给我吧。”

我将纸箱放在长椅上，打开折盖，与她隔箱而坐。

“好重的樟脑味。”她皱了下鼻子。

“怕蛀，丢了几粒樟脑丸进去。”

"我还是把扁豆拿回家吧，平时放在纸箱里，想看了取出来。"

"不伤感了?"

"这是没办法的事，扁豆算是长寿猫了，运气好还给做成了标本，算是以另一种方式活着。"

"只是在你心目中活着，而且保存期也是有限的，最后仍会变成尘土，还给时间。"

"我喜欢还给时间这个说法。"

"一起去看电影吧。"

"电影就不看了，回家准备一下，明天上午去金堡岛呢。"

"怎么想起去金堡岛?"我有点讶异。

"学校组织的暑期活动。"

"以前去过么?"

"第一次去，大二时说好跟室友一起去玩的，结果急性肠胃炎没去成。"

"那我也去吧，给你当导游。"

"我们是教师集体活动，你去干什么?"

"其实我的合作方就在金堡，邀请我去玩呢。"

"我们在岛上就待两天，行程很满，你去了我也不能离队。"她将扁豆抱出纸箱，手在猫背上抚过，叹了口气，"标本再逼真，也没体温。"

"我带你去虎皮山看日落，运气好的话，说不定还能遇到凤凰。”

“想请我去看日落，也没必要用凤凰骗我，以为我是幼儿园小孩?”

“没骗你，我有两位前辈亲眼在虎皮山见过凤凰。”

“真要去也没人拦你，不过我估计离不了队。”

“去金堡岛旅游，肯定要爬虎皮山，山上冷，带件厚外套。”

“你还是一个人去找凤凰吧。”焦小蕻白了我一眼。

7月17日　星期天

天没亮就赶到了联草集码头，微凉，考虑到爬山，短袖T恤外加了灯芯绒夹克，内兜放了小手电筒。去金堡岛的客轮早晚各一班，排队买票的乘客不少，朝码头那边张望，没看见焦小蕻。等排到售票窗口，一至四等舱票均已售罄，只剩少量统舱票。买了票，朝始发处走去，这一班是胜利号，快登船了，还是没在人群中发现焦小蕻，顿觉扫兴，担心她不来了。

左顾右盼中，背着帆布包上了客轮——大四那次捕猎前，敬师傅给每个同行的徒弟都发了一只，草绿色，绣着红布剪成的镰刀和斧头，帆布耐磨，适于野外——虽样子土气，却坚实耐用，除了换洗衣物，夹层刚好放入那本蓝皮日记本，临睡时写上一些，有时长有时短，有时陷入深深的回忆。日记是一种古怪文体，最接近作者内心，却不公开。私密文字存在有什么意义？未必是为了有朝一日给别人看，而像面对一块照见灵魂的魔镜，冲着被投射出来的自己喃喃自语，额外的馈赠是，当弥留之际，可以烧成灰，寄往另一个世界。

客轮驶离码头不久，收到羊一丹的回复信息（昨晚曾给她拷机留言，告知今天要去金堡岛，问能否同行），说昨天早睡，起床刚看见，她在城里还有事，争取明天赶回岛上为我接风。紧接着又发来一条地址，正是上次信封上的落款：一叶渡9号。

让我找一个叫小楚的姑娘，由她负责接待我。

可是，如果焦小蕻真没来，金堡岛之行岂不缺少了理由？直觉告诉我，她就在客轮上，但码头上没能邂逅，起航后就更难遇到了。我不死心，在甲板上晃悠，学校不会给教师住高级的一、二等舱，也不会安排在脏兮兮的统舱，所以我在三、四等舱附近转悠，房门基本都关着，只得悻悻然回到统舱发呆。

胜利号抵达金堡岛，我是最先下船的乘客之一。站在码头上守望，舷梯是所有下船者必经之处，她果然出现了，扎着马尾，短夹克，牛仔裤，运动鞋，斜挎着一只宝蓝色布包。看见我，装作没看见似的把头扭开。二十多名教师组成的松散队伍朝彩虹巷那边走去，她尾随其后，在一个即食海鲜摊前站定，有个看着像领队的叫她："焦老师，别走丢了。”她回答道：“我买点零食马上就来。”领队指了指前面：“彩虹巷39号安红旅店。”她答道：“知道了，马上就来。”

等同事们走远一些，她离开摊位，特务接头般走到我跟前说：“在联草集码头就看到你了，怕同事们说闲话，就躲上了船。”

“你同事在，我怎么会上前跟你说话。”

“多一事不如少一事，万一你凑上来呢？”

“我哪有那么不识趣。”

“现在去虎皮山看日落，还来得及么？”

“今天没集体活动？”

“他们坐船有点累了，想先回旅馆休息，说是晚上吃海鲜，我倒是对日落更有兴趣。”

“现在离日落还早，虎皮山不远，从这儿就能看到金瀑。”

“看山跑死马，看着不远，跑断腿都跑不到。”

“码头上有直达山脚的专线车。”我指了指不远处的车站。

“那好，我先去拿房卡，顺便跟领队老师请个假。”

“我正好也要去订旅店，要不晚上回来得露宿街头。”

“拜托别住我们同一家旅店。”

“偏要去住你们那家。”我逗她。

“那我就假装不认识你，敢凑上来我就报警。”她偷笑了一下。

“好吧，那我换一家。”我一耷嘴，做苦恼状。

刚才在统舱，和邻铺一个岛民闲聊，他就住一叶渡，那本是虎皮山余脉处的临海渔村，适于观潮的银白色沙滩吸引城里大单位在山坡上造了不少疗养院性质的临海建筑，也有少量私人宅院，包括因发生阎小黎命案而名噪一时的杜鹃草堂。我想好了，如果焦小蕻真没来，就去一叶渡找小楚姑娘，如果来了，则根据她的入住旅店再找落脚处。

此刻，得知焦小蕻住安红旅店，便决定在丰收旅店落脚，仍住上次那个房间——对不愉快的往事，绝大多数人会选择规避，我也不例外，不过有时也会执拗，偏要揭开疤痂（和看恐怖片时越怕越想看的心态无异）——除了这两家，彩虹巷还有另三家旅店，它们和饭店、饮食店、烟杂店及民居聚集在一起。有的是青砖老建筑，有的是刷了红漆的水泥墙，还有的贴了彩色墙砖。旅店体量都不大，四五层，兵营式或仿古典式，楼顶皆挂着霓虹灯，错落的市井气，晚上亮起来，一片喧嚷。

送焦小蕻到安红旅店，约好三点在车站碰头，折回一百多米，进了丰收旅店，前台当班的正是那个消瘦的中年男人，登记时，他抬眼看了我一眼，好像认出我来，也好像没有。我问：“307房还在么？”他低头翻看入住账本：“307房有人住了，407房在，房型和价格一样。”

付了押金上楼，门卡插开407房，推门进去，格局果然和307房无异。站在窗口，眺望虎皮山和壮观的金瀑。金堡岛果然是蜃精吃进吐出的一粒珠子，云霞袅绕，水雾漫漶，宛如被一层朦胧裹住。忽觉背后有人，扭过头去，苏紫正坐在沙发上出神，安静时她总这样，不是真的落寞，而是一种怅然若失的气质。交往了那么久，我依然不了解她，当然我知道，人是孤独的岛屿，永远无法相遇。即便如此，在过往的日子里，仍试图去接近她内心。我们已开始谈婚论嫁，所以我无法接受被背叛的爱情，从撞破的那一刻起，我在心里彻底抛弃了她，却要伪装得跟白痴一样，不能让她看出我已心知肚明。一起吃饭，一起散步，甚至还做过一次爱。想到她曾在老鹰体下喘息，嫉妒让我无法继续下去，我将怒火埋进枕头，将她假想成宋姐——意淫如同时空的一种失控，宋姐温婉的笑容浮现出来，她是活得很酸楚的女人，却给外人干练洒脱的印象，只有翻云覆雨时，才会褪下伪装，"欧阳，抱紧我。"我紧贴她细滑的身体，阳具变得粗壮，那是海绵体充血后的作用，它需要一个潮湿的入口，用连续的冲刺来倾泻掉满胀。标本师的扫兴之处，在于脑海中会不合时宜地晃过一些解剖学知识，比如她松懈的乳房，原理是平滑肌细胞因哺乳而劳损。这些闪念让我分心，为专注地完成一次交媾，必须抛弃这些荒唐的知识，提醒自己，情侣间的交配不仅仅源于生理，而是源于爱——可我真的不爱苏紫了，一声娇喘将我拉回现实，厌恶感使我疲软下来。

"今天有点累了，状态不好。"我翻身而下，躺在一边。

"我们去金堡岛看日落吧，说了好久了。"她忽然提议。

“好啊。”我爽快地应允。

“真的有凤凰么?”

“或许有吧,能不能遇上得看缘分了。”

于是,在老鹰离开本城半个月后,我和苏紫来到金堡岛,住进了丰收旅店。我们在岛上逗留了三天两夜,她没去一叶渡,也没去找阎小黎。苏紫勉强算文学爱好者,仅止于读读言情小说,事实上,她根本不认识那位长年隐居的作家,两人也没书信来往。她谈不上是阎小黎的拥趸,更不会去贸然拜访。她来金堡岛只是为了散心,姚文潭的死让同学们很难过,她也不例外,可在我看来,她更伤心的是老鹰出国。影子情人刚走,就邀我看落日,试图营造虚假的浪漫,真不知廉耻。

此刻,在同一家旅店,一间同样的房间里,苏紫的影像梦幻般浮现,倏忽在床头,倏忽在窗前,还是怅然若失的样子,好像把魂丢了。

关上门,去码头边的车站,刚走出旅店,看见焦小蕻走在前面,追上去与她并排,她转过头:“怎么在我后面?以为你已经到车站了呢。”

“在旅店回忆了一下爬山路线。”我说。

“对了,几点能赶回来?不能太晚。”她问道。

“要看爬山速度,我知道一条秘密山道,直达金瀑背后的帘洞,拐弯有块大岩石,看落日最好,运气好的话,说不定真能看见凤凰呢。”

“看日落就看日落，别提你那凤凰了，怎么不说太阳西边升东边落呢。”

“那万一真要看见凤凰，你能答应做我女朋友么？”

“狐狸尾巴终于露出来了，不管有没有凤凰，你都别想。”

“你都坚信没凤凰了，答应又如何？”

“告诉你，我是一点也不相信，不过你真要打赌的话，我奉陪好了。”

“那好，不许反悔。”

“要是没看见凤凰，以后再别提什么做女朋友的事了。”

“那我不赌了。”

“既然这么相信有凤凰，怎么又不敢赌了？”

“怕给自己下了套。”

车站上候车的人不多，上了车，她前座我后座，各自靠窗坐下。五分钟后，专线车缓缓驶出车站，拐出小马路，来到宽阔的林荫大道，速度明显加快，像一只撒开腿的兔子朝着虎皮山飞奔。

“你能找到那条山道么？别走丢了。”她看着窗外。

“不会，我脑子里有地图，待会儿直接从金瀑那儿绕过去。”

“不看金瀑了？”

“金瀑要远处才好看，太近反倒看不出气势。”

“倒也是，这儿看过去，好像还没明信片好看呢。”

“光说好看，风景有时真还不如明信片，毕竟那是从无数照片中选出的最美一张，旅游对很多人来说，无非是满足到此一游的心理。”

“这车开得太快了，心慌慌的，风倒是舒服。”

“乡下司机开车都野，好在不太远。”

二十分钟后，到了虎皮山脚下。未及下车，几个兜售雨衣的小贩已守在车门处。放眼望去，大部分游客穿上了雨衣。正值丰水期的金瀑目测仅一里之遥，宛如一条竖河挂在半山腰。由于距离太近，浩大的水声让人不自觉抬高了音调，就像置身细密的雨中，脸庞很快被水雾扑湿了。

“山上露水多，穿上雨衣，挡挡湿气挡挡树叶。”和焦小蕻穿上外套，买了两件一次性雨衣，套在最外面。

沿着山脚往南走，山道时宽时细，杂草丛生，估摸半小时，出现一条切入山谷的坡道，一片山石堵塞了去路，造成了此路不通的假象，那天查师傅带我们师徒四人到此处，告知了一个辨识的窍门，后退五六米，从右往左看，是一头豹子的造型（当然看成猛虎也可以）。侧身穿过那片山石，是一棵奇形怪状的大树，主干扭曲，无数树枝酒醉般乱伸，从大腿粗的桠杈下钻过去，是两米宽的山涧，山涧一旁草木丛生，另一旁像是用岩石垒起来的天路，不知道是人工凿成的，还是天然的。很多年前，查师傅狩猎时发现了它，惊为鬼斧神工。

查师傅之所以带我们来，也是因为凤凰的传说，那天敬师傅出走一夜说是去追凤凰，他听了不但不辟谣，还在一旁附议，师兄弟三人的好奇心便瞬间被勾起了。查师傅也是性情中人，见我们将信将疑，就答应去找。当然，出发前打了预防针："我也只遇到过一次，后来多次守株待兔，再也无缘得见，不过哪怕扑空也是值得的，站在那儿看日落，跟仙境似的。"

这条天路并不好走，因在溪涧之侧，腻滑且崎岖。沿途虽有可供借力的枝条，仍须格外小心。我走得很慢，焦小蕻更慢，本来我在前面，她提议调换位置，我就走到后面去，这样哪怕她跌倒，也能快速扶住。

结果她走得更慢了，并且流露出后悔之情："这么难走，要不就不去了吧？"这在我预料之中，苏紫走这条路时也试图反悔，我的一句话让她咬牙走到了目的地："你现在退回去，一生就多了一次遗憾。"

于是，我将那句话又说了一遍。

不料她反驳道："人生怎么会没有遗憾呢？"

此言一出，以为她要打退堂鼓了，却跟了一句："但少一个遗憾还是好的。"

虎皮山海拔约八百米，金瀑从半山腰飞流直下，短短四五百米，爬了一个多小时。经过一个山洞，从内兜取出小手电筒。一拧开关，没反应，才意识到重量不对，拧开后盖，果然忘了装电池。无奈只能摸瞎子，我先进入，焦小蕻抓着我衣角，洞里乌漆墨黑，挪步幅度微小，以防止被凸突的钟乳石绊倒。惊飞的蝙蝠群扑棱棱从头顶掠过，焦小蕻一声尖叫，抓紧了我胳膊。其实一路上她几次想拽住我以获取安全感，碍于羞涩放弃了。蝙蝠的出现让她的矜持即刻化作乌有，十来米长的山洞只漆黑了三分钟，就看见了光亮。这是幻妙的三分钟。我生造了“幻妙”这个词，是由于现有词汇无法描述那种感受。在与苏紫最初的肌肤接触时，在与宋姐第一次耳鬓厮磨时，“幻妙”曾出现过。那一刻，整个世界静止了，宇宙像一枚蛋卵被植入了心脏。

焦小蕻跟我靠得很紧，她耳垂的味道，发梢的味道，呼吸的味道，在充满盐碱味的山洞里依然鲜明。我没顺势搂住她，虽然这个动作顺理成章，越是这样的时刻，越要扮成正人君子，不能让她察觉到有丝毫的不轨企图。四肢僵直走出涵洞，她在感受到光线的那一秒松开我，犹如放弃了一条拐杖。“你怎么不怕蝙蝠?”她问道。

“我是标本师，怎么会怕这些小东西?”我说。

站在洞口，疯长的野草由此及彼，密布其间的玫瑰色、粉色、鹅蛋黄色、酱紫色花朵开得嚣张，像春天的颜料瓶被打翻了。一大波澎湃传来，与方才潺潺的溪水不同，是充满力量的激荡之声，抑或无数水珠汇聚成的惊叹。

“哪里来这么大的水声?”焦小蕻问道。

“我们已经在金瀑背后了。”我说。

“原来这是金瀑的声音啊。”她驻足道。

我努力控制着晕眩，幻听已开始了一会儿。当然，这次不是幻听，而是在现场。距金瀑越近，耳朵深处的炸裂越剧烈，理智在向身体苦苦哀求，不要栽倒。这是难以名状的痛苦，虽竭力掩饰，还是被焦小蕻看出了端倪：“你怎么了？脸色这么难看。”

“可能刚才吃了口冷风，有点心悸。”我蹲下来，脑袋埋在膝盖间，捂住耳朵，将耳扇折叠起来。

“你没事吧？”她将手放在我后背上，隔着雨衣和外套，仍能感受到她掌心的微凉，在我印象中，漂亮女人的手永远是微凉的，苏紫的手是微凉的，宋姐的手也是微凉的，只有微凉才吻合它的纤细白皙。胖汉莽夫的手倒是暖融融的，冒着汗，充满了热情洋溢，也充满了粗鄙与污浊。

她的手具有神奇的力量，使头痛欲裂的水声慢慢退去：“没事了，我们走吧。”我站起身，踩着野草往前走，裤腿沾了草叶和花瓣。潮气明显增大，清新得想打喷嚏。她果真打了个喷嚏，用手捏住雨衣的领口。朝右拐个弯，又是一个山洞，不是暗的，而是三面敞开，仿佛是山神的客厅，一面是进去的入口，一面被金瀑的巨幅水帘遮住，另一面是凌空的足有篮球场那么大的崖石。

“这地方没猴子，要不就是花果山水帘洞。”焦小蕻俯身揉着膝盖。

“我第一次来到这地方，还在想孙悟空会不会从水帘外飞进来呢。”我附议。

走进山洞，从大崖石往下看，山谷绿得发黑，目光移向金瀑下方的月湖，白茫茫一如沸水蒸腾，一切物体只剩依稀轮廓。焦小蕻后退几步，我有恐高症，感觉要栽下去了。

山洞顶部与底部虽不等齐，却形成一个天然画幅，犹如置身在露天大银幕前。天边外，有一丝一缕的红云，像褪尽的火焰。慢慢熄灭，慢慢点燃。黄昏前最美的片段即将来临：一根直线将海平面拉至视野的极限。深厚的橙光与大气层里的尘埃重叠，将整个天空红化成背景，太阳由橘黄转为白色——只有圆规才能画出的浑圆——失去了正午时足以烤焦双眸的炙热光芒。“怎么这样美?”焦小蕻往前走了两步，显然被壮阔的天象震慑住了。她用了一个疑问句，而不是“好美啊”这样的肯定句式。

“没骗你吧？这是我见过最美的落日。”

“有点像宽银幕电影。”

“和我想法一样，就是一块大银幕。”

“可我们不只是来看日落的，凤凰呢?”她揶揄道。

“我比你还期待凤凰出现呢，那样你就能做我女朋友了。”

“死心吧，世间哪有什么凤凰。”

太阳沉静下行，可能是风撕开了红云，云幕不再混沌，橙黄率先侵入，紧跟着是银白和青紫，红云的伤口越来越大，掺入的颜色越来越多，图案越变越绮丽，一只披着金光的神鸟出现了，如同是从红云的伤口里分娩出来似的。

几乎是同时，我们惊叹了一声：“哇，凤凰。”

迅即她反应过来：“这可不是真的凤凰，你可别想耍赖。”

“不是凤凰是什么?”

“一朵有点像凤凰的云而已。”

“我没说它就是凤凰啊。”

“我得说在前面，堵住你嘴。”

我们遥望着那只云凤凰，年画里就是那样画的，刺绣上是那样绣的，古建筑浮雕上也是那样雕的，总之，即便从未有人见过凤凰，大家还是知道它的样子，就像从未有人见过麒麟与龙，也知道它们的样子。

云凤凰与下行的太阳叠合，成为落日中的剪纸。

“你为什么不拍照?”焦小蕻撩开雨衣，拿出一只相机，咔嚓嚓按着快门。

“我不爱拍照，世间一切都是幻象。”我说。

“那标本岂不也是幻象? 失去生命的动物皮囊而已。”

“谁说不是呢，人生不过梦境，拍照就像在拍梦中之梦。”

“你是学哲学的?”她瞥了我一眼，转过身将镜头对准金瀑。

她的侧面与苏紫孪生姐妹般酷肖，我恍惚于这种混淆：从帆布包里取出那根丝巾，蟹青白，印着墨色的工笔枝叶，点了几粒朱红色的花苞。这是我用第一个月工资给她买的礼物，一阵夜风却将它送了回来。将丝巾围在苏紫的颈脖上，她转过头来，我永远记得那种眼神，恐惧中带着哀求，那一刻她醒悟过来，我早已洞悉一切。她想推开我，却来不及了，必须承认，我萌生了恻隐之心，试图抓住她手臂，却只抓住两米多长的丝巾。

传说金瀑下方的月湖是金堡岛的泉眼，深不见底，一旦落水，即被一股巨大的吸力吞噬，成为献给蜃精的祭品。

我是个仁慈的人，至少让她知道因何而死。

与苏紫的爱情如今于我只是一具标本——必须忧伤地承认，标本是死亡的另一个代名词——当我们说人是群居动物时，看到的不过是表象，事实上人是群岛动物，看似聚拢在一起，却永远无法相遇。

而今，苏紫的形象越来越模糊，有时觉得她是虚构人物，仿若从未在生活中出现过，正因如此，也不能确定焦小蕻是否是一个真实的存在。

回望那只云凤凰，尾巴开始消散，太阳从炙热的火红转为深沉的暗红，浑圆已被海平线裁切掉下方的一半，焦小蕻跑过来又抢拍了几张照片。“我们下山吧，天要开始黑了。”她边按快门边说。

“下山比上山快一些。”我说。

赶在余晖落尽前，循原路返回，除了进入那个漆黑山洞时，她主动拉住了我的手，其余时刻均避免碰到对方。沿着溪涧下行，不到半小时，那棵奇形怪状的大树横在面前，从大腿粗的桠杈下钻过去，再侧身穿过那片虎豹状的山石，回到山路上向北折返。疲累让我们一路甚少说话，途中偶有路人，待离金瀑的位置近些，才依稀喧闹起来，到了毗邻金瀑的山脚，仰望湍急的水幕，焦小蕻疑惑道：“我们刚才真的到了它背后么?”

我颔首确认，她仍是将信将疑的神色，一步一回头，上了一辆快要起动的专线车，我跟上去，已没座位，但也不怎么挤，车速依然很快，不知是原来那个司机，还是开这条线的都这德行。

“刚才看日落，我其实很害怕。”她忽然转过头对我说。

“怕什么?”

“凭什么就相信你了？脑袋发昏跟你爬到荒无人烟的山上，被推下去都没人知道。”

“瞎想什么呢你?”

“在金瀑背后时，就是有一种你要把我推下去的感觉。”

“你一直在拍照，哪有害怕的样子?”

“我是用拍照掩饰害怕，手一直在发抖，你没注意到而已。”

“恐高症的过度反应吧。”

“反正特没安全感，不过落日真的很壮观，还有那片云，很像凤凰。”

“可惜不是真凤凰，要不你就成了我女朋友了。”

“这下你可以死心了。”

下了车，她脱了雨衣和外套，往彩虹巷走去。

“找个饭馆我们一起吃吧。”我也脱了雨衣揉在手里。

“还不算太晚，海鲜宴估计还没结束，我得归队了。”

“你这腿上鞋上都是泥，怎么去见同事呀?”

她低头看了看：“不管了，领队知道我去爬山，脏了也很正常。”

“那好吧，我自己去觅食。”

“说得好可怜的样子，明天我就参加集体活动了，回到城里我们再联系吧。”

7月18日　星期一

昨天跟焦小蕤分手后，直接回了丰收旅馆。刚进门，前台那个瘦男人叫住我说大炉坏了，正在抢修，如果洗不了热水澡，可去不远处的宏武浴室，洗澡券由旅店提供。我踌躇了一下：“将就洗把冷水澡算了。”

虽是夏天，当冷水浇到头顶，还是一激灵，浑身鸡皮疙瘩浮起。冲了一把，赶紧擦干。在小书桌前坐下，取出蓝皮本开始写日记。写到焦小蕤站在金瀑前的那个画面时，记忆出了偏差，似乎当时真从帆布包里拿出了那根丝巾，这是不可能的，它分明已被撕成了碎片。重新翻一遍帆布包，果然没有，悬着的心才放下，没一会儿又去翻找，完全是强迫症作祟。

被焦小蕤和苏紫的叠影干扰很久，下笔颇受干扰，圈上句号，饥饿感席卷而来，才意识到没吃晚饭。周边有几家饭店，不知关没关门，跑出去碰运气。深夜寂寥，码头上那家柴记酒馆开着，柴掌柜是个“上岸”（不再出海）的老渔民，见我进门，声若洪钟道：“欧阳兄弟，好长时间没见了。”

“柴掌柜好记性，就来吃过一次，隔了那么久还记得。”我说。

“渔民不像你们城里人见识广，脑子里东西少，存东西的地方就大。”

“这说法有意思。”我笑道。

“这么晚了，别点菜了，有什么吃什么吧。”

“好的，没问题。”

炉灶就在边门外，他放下烟斗，烫了一斤竹节虾，煮了两条马鲛鱼，角落里堆着陶质酒缸，是当地农家自酿的米酒，入口清淡微甜，给我满了一海碗。“你的漂亮女朋友怎么没来？”他问道。

“听说金堡岛出现过凤凰，你遇见过么？”我没接他话题，捧了一只竹节虾在嘴里。

“没见过凤凰，不过在海上见过龙。”

“长什么样啊？”我喝了口酒。

“西游记里龙王长什么样就长什么样，有几海里长，能吞下一支渔船队呢。”

“那你们怎么脱险的？”

“起初很害怕，后来发现根本没搭理我们，玩了一会儿就潜回海底了。”

“只见过一次？”

“神鸟神兽可遇不可求，见过一次就是奇缘。”

“倒也是，那些说见过凤凰的都只见过一次。”

“陌生人的相见有时也是奇缘，我们这是第二次见，可能下次你再来岛上，我已不在世上了。”

“柴掌柜何出此言，是病了么？”

“病倒是没什么病，可我知道阳寿快尽了，能感受到。”

“别瞎说，你这身子骨，至少还能活三十年。”

“我祖父和父亲都猜到了自己的死期，很准，生前也没什么病，就是感受到了。”

“听着玄。”我用筷子将纺锤形的马鲛鱼拆开。

“也玄也不玄，比方你没见过龙，会觉得是没影的事，可我见过，就觉得一点都不玄。”

“如果真像你说的能猜到死期，你害怕么？”

“你觉得一个能猜到死期的人会怕死么？”

“要是我，会害怕的。”马鲛鱼肉质粗老，味同嚼蜡，咽下去时我皱了下眉头。

“来，喝一个，说不定就是道别酒了。”他给自己满了碗米酒。

“你是我见过的对生死最豁达的人。”我端起酒碗，两人碰了一下仰脖饮尽。

回到丰收旅店已过半夜三点，微醺状态，和衣而卧。忘了拉窗帘，凌晨被移到床上的曦光晃醒。去撒了泡尿，拉上窗帘睡回笼觉，直到拷机响起，是羊一丹发来的留言，告知她已回到一叶渡9号，但没见到我，问是否还在岛上。

一看已过正午12点，坐在床沿，脑袋还是有点发沉(米酒入口淡后劲足)。焦小蕻肯定随团去看风景了。卫生间已恢复供应热水，洗漱淋浴完毕，换了身干净衣服，擦去鞋上的泥巴，退房去码头坐一叶渡专线车，经过柴记酒馆时，犹豫是否去打个招呼。驻足一下，还是离开了。即便如柴掌柜所言，日后真的见不到了，也不过是一段记忆的定格，跟一只标本被定格在时间里没什么区别。

专线车开了近一个小时，到达岛屿另一头的一叶渡，一大片银白色沙滩伸向海洋，沿着山坡往上走，海风吹进临海建筑群间的石街，来到一处被爬满了藤蔓的高墙围起来的深宅大院，门牌写着9号。两扇黑漆大铁门紧闭，右扇开了小门，按响门铃，约两分钟，一个姑娘来开门，笑盈盈地说："是欧阳老师吧？我是小楚，本以为您昨天就来的。"

她二十二三岁模样，五官端正，眼神机灵，却洋溢着村姑的田野气息，应是土生土长的金堡人。

羊一丹迎面走来："贵客光临，欢迎欢迎。"她总是端庄得体，却让人产生疏离感。和她在一起时，会不经意想起宋姐，就像和焦小蕻在一起时，冷不丁想起苏紫。

步入院落，是一栋红瓦青砖的三层小楼。一楼前厅，一只下山扑食状的东北虎标本威风凛凛地翘着屁股，偌大的会客空间，摆着沙发、茶几和矮柜，地面铺了烟灰与炭黑相糅合的山石砖，墙上贴着前几年流行的发泡墙纸，部分拼接处已起壳。羊一丹说，住在海边空气好，就是东西容易坏，人也容易得关节炎。

说着带我上了二楼，右侧是个过道，左侧有几个房间，都关着房门。来到露台，向前眺望，一大片由草坪、假山、竹林、池塘及乔灌木构成的露天园艺足有三四亩地，稍远处，有一火柴盒似的水泥建筑，深灰色水泥外墙没任何粉刷，窗户紧闭。

“那房子怎么没看到门?”我问。

“门在背面，湿气大，不怎么开窗。”羊一丹说。

“标本工作室?”我马上反应过来。

“真聪明，先为你接风，晚饭后带你去看。”

经她提醒，才意识到一天没吃东西，顿觉饥肠辘辘。羊一丹用抱歉的口吻说：“这地方不比城里，只有乱糟糟的小吃街，不过海鲜都是刚捕上岸的，蔬菜也是刚从田里活杀的，吃的就是个新鲜。”

“活杀蔬菜，有意思。不过也对，杀鱼和杀菜没本质不同。”

边说边离开露台，下了楼。

走出一楼前厅，小楚跑到“火柴盒”那边去了，绕到房后，带了个人过来，居然是王小蛇，我朝羊一丹看一眼，她解释道：“我把那批标本带回来了，小蛇就跟回来了。”

“还没干透呢。”我说。

“不碍事，搬的时候很小心，客户催着要提货。”

“羊姨也有客户啊？”

“当然，不然我做那么多标本干什么？”

“以为羊姨自己收藏呢。”

“自己也藏一些，晚饭后带你去看。”

我拍了拍走到身边的王小蛇：“走，去吃饭。”他腼腆地笑，露出没见过世面的纯真表情。

走到小吃街不过刻把钟，十多家跟“柴记”差不多简陋的小酒馆东倒西歪在黄昏里。海滩那边，停泊着大大小小逾百艘渔船。环境虽破败，气氛却浓烈欢腾，猜拳的、打闹的、撒酒疯的，夜还没到来，醉意已大肆弥漫。

坐下来，我问了此地的治安情况。羊一丹说：“民风淳朴，小偷小摸是有的，江洋大盗没听说过。”

“既如此，作家阎小黎怎么在家门口被杀了呢？”我反问道。

“听说是情杀，最后也没下文，一直是悬案。”

“既然是悬案，怎么又说是情杀？”

“小吃街没菜单，打上来什么就吃什么。”羊一丹转移了话题。

“这样更好，原汁原味。”

正说着，已开始上菜，先是带壳的：牡蛎、花蛤和蛏子。王小蛇提着陶质酒缸往海碗里倒酒，我阻止道：“我昨晚就喝的这种米酒，后劲大，少一些。”忽见对面有个人端着酒过来，觉得面熟，正是胜利号统舱的那个邻铺。

“这不是客轮上的那位大哥么，真来一叶渡啦?”他说。

我端起海碗，和他干了一下，他竖起大拇指：“大哥原来是羊大姐的朋友。”就跑回自己那桌去了。

我低声说：“羊姨您是这儿的大人物啊。”

羊一丹说：“什么大人物，常在这儿吃饭，混了个脸熟。”

鱼蟹虾陆续端上来，做工都较原始，盛器就是那种喝米酒的海碗，或搪瓷面盆，除了葱、姜和盐，也不放什么作料，好在食材新鲜，一烫一炖就很好吃。又端了两碗活杀蔬菜上来，碧绿生青，浮着油花。

四人围坐，羊一丹忽又捡起刚才的话题：“说起来和阎小黎也算熟人，杜鹃草堂离我住处隔了两条小道，花季一到，满园春色。”

“这样一说，倒想去看看。”我说。

“前几天刚路过，从栅栏往里看，杂草比杜鹃长得还茂盛，荒废了。”

“没人打理么?”我问道。

“阎小黎离婚后一直单身，儿子在科技大学读研，寒暑假偶尔回来住几天。”

“哦，他儿子是我高中同学，同届不同班，挺帅的。”小楚的笑容很甜。

王小蛇不说话，只顾吃，他喜欢蛏子，面前堆了小山似的蛭壳，和一截截脏线头似的蛭肠。

“那只猞猁的右耳定型了么?”我问道。

“马粪纸片拆掉了，挺好的。”

“那就好，待会儿我去检查一下。”

王小蛇吮吮手指，瞄一眼羊一丹，羊一丹装没看见，端起酒来：“我们来敬一下欧阳老师吧。”

四人碰了下碗沿，浮一大白。

饭后已天色尽黑，回到一叶渡9号，去了那火柴盒式的房子，才知羊一丹为什么不搭王小蛇腔，原来新做的那批标本根本没在这儿。我打听它们的下落，羊一丹才答疑道：“没搬上岸就移交给客户了，他们验收后很满意。”

我不清楚她所说的“他们”是谁，虽迷惑，也没去深思。王小蛇打着手电筒在前，我们仨尾随在后。“火柴盒”背面有两扇门，推开左门，动物尸体的气味混合着消毒药水味扑鼻而来，照明一打开，室内不小于200平方米，层高足有五米，用石灰水刷过墙，地面是水泥的，中央偏左有一张铺着厚毛毡的大木桌，摆放着制作标本的工具及药剂。四周是木制座基，陈列着标本成品，有熊猫、黑麂、高鼻羚羊、金丝猴这样的濒危动物，也有大灵猫、兔狲、斑林狸、石貂、河麂这样的珍稀动物，一只三层货架上是处理过的皮张，有兽皮也有鸟羽。一台小型抽湿机发出电流特有的噪声。

经过一只老式雕花对门柜子，挂着一把已不太常见的铜质枕头锁，隐约嗅到一丝似曾相识的异香从门缝逸出，心里一咯噔，故意走慢一些，用鼻子深嗅，却闻不到一丝香气。

过了一会儿又折回，再次用力去嗅，还是没嗅到一丝香气。这也正常，柜门紧锁的情况下，逸出的气味只会被不经意闻到，刻意去捕捉，反而杳无踪迹了。

如果不是错觉，和小玻璃瓶里摄人魂魄的异香是一致的。羊一丹上次说“苟原先生生前和我们有很好的合作”，虽立刻试图纠正，可我心里明白，她不是口误，而是说漏了嘴，她应该清楚敬师傅的下落，甚至有可能是敬师傅弥留之际的守夜人。我知道，真相往往会趁你不防备时突然水落石出。羊一丹他们已走到门口，我朝那雕花柜子瞥了一眼，跟着出了门。

右门与左门相距约十米，是被一堵重墙隔开的套着简易卫生间的卧室，按下门侧的灯开关，两张单人床、三把木椅和一只藤制老爷椅从青黄色的灯光中呈现出来。“今晚你就屈尊住这儿了。”羊一丹说。

“比我标本工作室条件好多了。”我说。

小楚朝我手里塞了只信封，我猜是标本制作费，便塞进了裤袋。她眼睛朝我一瞥，慌忙又将目光移开了。

“不早了，你们先休息吧。小楚，我们走吧。”羊一丹说着，和小楚回前面的三层小楼去了。

我问王小蛇睡哪张床，他指指右侧，我瞄了一眼：“这是查师傅的床吧？”

王小蛇说“是”，又说：“查师傅是在医院去世的。”

我嗯了一声。

“被子床单都是新换的，要不我睡这张，你睡我的。”他说。

“不用，我不忌讳。对了，羊姨说标本没上岸就移交了，怎么回事？”

“羊姨坐了渔船来取的货，开到海里来了艘货船，架了跳板，就把标本搬过去了。”

“也不怕掉进海里。”

“不用担心，长年出海的人，走跳板比走平地还稳。”

“取货的时候，渔船停在标本作坊后面的洗笔江上？”

“他们带了大纸箱来，装好标本两人搬一只，装上船就往回开了，就是开得好远，快到公海了。”

“公海”两字让我一愣，站在窗前，视野越过园艺，那栋小楼亮着三扇窗户，一楼亮了一扇，二楼亮了两扇。掏出信封，果然是一沓现金，抽出拈了一下，羊一丹出手阔绰，显然比约定的酬金多付了。

“小楚也住在羊姨家么？”我问道。

“她家在岛的那头，羊姨把她当女儿看，平时就住这儿。”

“你有那只雕花柜子的钥匙么？”

“哪只雕花柜子？”

“就是货架边上那只用老式铜锁锁着的柜子。”

"那只啊，我没钥匙，我来这里就没见打开过，也不知道里面放了什么宝贝。"

羊姨真是个不简单的女人啊。我把目光收回来，恍若又嗅到了那种诡异的香气。

7月22日　星期五

回东欧阳村两天了，除去上老街吃饭，一直把自己关在标本工作室里，一只栩栩如生的凤凰很快就要诞生，这是金堡岛之行的意外收获。原拟和焦小蕻一起回城，转念一想，即便乘上同一班客轮也未必能说上话，羊一丹的藏品不错，值得一看，就多逗留了一天——无论是成品还是处理过的皮张，均出自查师傅之手，征得羊一丹同意，拆了一只兔狲标本，研究查师傅的技法。

拆标本是这行常遇到的情况，以将研究标本改成姿态标本居多，所谓研究标本，即动物死亡形态的标本，与鲜活生动的姿态标本相比，毫无美感可言。

兔狲矮胖腿短，和家猫差不多大，民间叫它洋猞猁，其实耳朵没猞猁那么夸张，面部平凹，乍一看颇像猫头鹰。将其腹部的缝合线拆除，慢慢掏出填充物，外行看热闹，内行看门道，查师傅和敬师傅出自一个门派，也以中华填充法为主，辅以假模法和结扎法，但在细部处理上略有区别，比如缝线的针法，比如填充物的软硬比例，再比如平衡借力的窍门，不过也没必要分出高下，就像两个厨师做鱼，一个喜欢放酱油，一个喜欢放陈醋，只要美味可口，皆是佳肴。

标本拆卸后不易缝合，让王小蛇取来木桶，蓄满水，扔进去浸泡。像兔狲这样的小兽，数小时就软化了，虎狮之类的大兽则须至少一个通宵，浸透后沥干摊平，用钝刀向两边轻刮，待充分柔软再涂上防腐剂，可立刻填塞改装，也可储藏备用。

羊一丹说下一批订单是禽鸟，具体品种在等客户确认。我来到那只三层货架前，看那些缤纷鸟羽："羊姨，问你个事，你见过凤凰么?"

"查师傅说见过，我倒是没有。"

"我师傅也说见过，有个渔民还说见过龙，听着真玄乎。"

"这种事，没见过的人肯定将信将疑，见过的人除非拿出确凿证据，否则确实很难让人信服。"

"什么才是确凿证据呢?"

"至少得有照片吧? 最有说服力的当然是逮到一只活凤凰。"

"我师傅那次就想逮活凤凰，追了一晚上还是空手而归。"

"世上就算真有凤凰，也是神鸟，哪能轻易被我们凡夫俗子逮住。"

"要真是有凤凰，就不是神鸟了。"小楚在边上莞尔一笑。

我猛然想起那个动物交换外套的梦，灵感借助一个战栗瞬间击中了我："羊姨，我想挑些鸟羽回去可以么？"

"当然可以，要什么品种？"

"我想一下。"我走到一边，取了铅笔和纸，将印象中的凤凰画出来，根据图案去对应库存中已有的鸟类，估算下来，至少需要孔雀、红腹锦鸡和棕尾虹雉三副鸟羽才能完成构想中的拼图，当我把鸟名报给羊一丹时，她扮了个鬼脸："这些可都是世上最漂亮的鸟。"

我凑近她耳边，轻声说出自己的想法，她惊奇地看着我："确定能完成？"

"试试看吧，失败的话就损失了三只珍禽。"

"不碍事，我觉得有意思。"

于是我就带着三种鸟羽回到了东欧阳村——王小蛇因为要等客户确认新订单后带皮张回城，没跟我一起回来——我处于一种久违的兴奋之中，甚至忘了和焦小蕻联系，倒是她昨天发来一条信息：我已回城，你还在岛上么？

我去老街上的公用电话站回复：回到东欧阳村了，我捉到了一只凤凰。

等了半晌，没收到回复，就返回标本工作室，拷机往大长桌上一放。开灯，将前窗帘拉实——怕自己绘制的草图不准，特地去找了一张龙凤呈祥年画做参照——就三种鸟的外形来说，孔雀与凤凰最接近，又有所不同，比如头颈，前者并不鲜艳，后者则像戴满了翡翠、玛瑙，再比如尾羽，两者很接近，但凤凰要多一个层次。把它们摊开，比对凤凰每个部位，揣摩好久才定下拼装方案。凤冠、鸟身、主尾羽和双足采自孔雀，颈羽与胸羽采自红腹锦鸡，双翼及副尾羽采自棕尾虹雉，这样考虑是为了尽可能多地保留孔雀主体，以免鸟体过多裁切后支离破碎，又要考虑三者比例，正式动工前，又画了一张集合三种鸟羽的草图，再次与年画上的凤凰做比较。虽说不是一模一样，却也酷肖。

原料珍贵，不允许失败，所以我格外小心。因已解剖过，省却了开膛破肚的步骤，将鸟体软化后，用皮尺仔细测量，喙端至跗跖处，颊底至颈部，爪趾的长度及翼展度，将数据逐一记录下来。鸟体皮肤薄，拇指顶住肱骨与尺桡骨，将翅膀外翻，腰部的羽轴根植于荐骨，须轻拿轻放，翻转完毕，是用剪刀还是解剖刀分割，让我纠结一番，刀锋快，剖口线平整，却不易拐向。剪刀可拐向，平整度稍逊，两害相权取其轻，决定还是用剪刀，平整度可在缝补时，用增加针脚密度加以矫正。

先将红腹锦鸡颈部及胸部剪下，随后是棕尾虹雉的双翼及尾部，用来替换孔雀的对应部分。由于保留了孔雀主体，包括凤冠在内的头部也是孔雀的，一直担心变貌不显著：孔雀颈项灰绒细长，年画上的凤凰并非长脖，而是柳叶状五彩羽，所以缩颈对去孔雀化意义重大。花了一个多小时，把三只鸟体分割完毕，就像一堆被裁开的布料，等裁缝做出一袭红尘间最旖旎的霓裳。

缝补的时间更长，用了一种叫双跳的针法，比常用的钩针法细密牢固，但费时又费眼，缝到后面感觉眼珠都要掉出来了。当我直起腰，拼成一体的鸟羽从手里滑落，颈椎一阵麻痛。

在内皮收干前均匀地涂上防腐剂，同时将其外翻还原，如果达到预期的构想，就算成功了大半。因为接下去的步骤和制作一只飞禽标本差不多，对我来说轻车熟路。

此时意识到一个问题，之前光想着外观，忽略了大小，传说中的凤凰体型巨大，至少三五米高，现在这个只能算袖珍版。转念一想，有句话叫“凤栖梧桐”，梧桐一般十来米高，雄凤雌凰，一对三五米的巨鸟站上树冠，好像梧桐也承受不起，又一想，凤凰停栖的梧桐必定也是神木，说不定有一百米高。总之，一切均是臆测，外观能像已属不易。

做鸟类标本预处理时，主骨架是被剔除的，但保留了精细的头骨、趾骨、翅骨。为胫骨涂上防腐剂，棉花拉成丝状缠几圈，使之接近下肢粗细，再套入鸟皮，依次翻转尾部和腰腹部。处理双翼时，取了沾上防腐剂的小刷，捏住翅羽边沿，小刷探入剖口线，将尺骨小心推入。

待完成全部翻转，打量了一遍，拼接得几乎没有破绽，能否化身凤凰就要看充填之后了，就宛如缩瘪状态的充气玩具，不打足气看不出整体效果。

鸟体充填可用铅丝和填充物扎成一个假体塞进空腔，也可先塞进一个支架，再用棉花竹丝填满，后一种实践下来比前一种更易塑形。做支架的重点是选择铅丝，太粗易刺破鸟皮，后期也不便矫姿，太细则撑不起鸟体，令标本摔倒。这样一件中等飞禽标本，身躯可用直径较粗的十号铅丝，头颈翅膀用略细的十二号铅丝，制作支架的难点在于重心，标本师需要有很好的直觉与判断力，才能找到结构的最佳着力点。

将支架绞合处分别经双足跗跖后侧括开，从掌底穿出，这样可以固定在树桩上。我记得西欧阳村老宅附近有棵主干很粗的歪脖子野枸骨树，枯槁了很多年，却也不倒——开春时抽出数根新枝，苞出几簇翠绿，似乎在提醒过路人自己还活着——等充填完，去老宅找晓雷，让他帮忙给锯了。

安装好支架，将鸟皮仰面摊在大长桌上，扽拉棉花成条状，由尾部至腰背，将支架裹入其中。为增加弹性，更好地模拟肌肉质地，掺了些竹丝在里面，填充物要略大于鸟体的容量，最后开始缝合。

缝合后尚须调整体形，不能立刻收紧线距，留有宽松度，缝完最后一针，也不剪断线头，按捏提撳，确定鸟体服帖后，才收紧打结。

朝后窗看出去，已是下午往黄昏过渡的光景，取了两块台板，分别将标本脚下的铅丝插入台板上的小孔，临时固定住。取了把镊子，按常规进行整形，将所有羽毛顺时针梳理一遍，现在，一只“凤凰”茕茕孑立，我却拿了一小块碱皂出门，故意不去看它。干了一天活，连午饭都忘了吃，全身心扑在这件标本上，我已看不清其本质，需要出去一次，恢复对它的陌生感。

动物尸体的味道很难祛除，打了三四遍皂沫，一小块碱皂都用完了，冲洗后嗅嗅，还是微有腥臭。

去二叔家路上，想到是晚饭时间，顺道买了条烟，走进老宅，果然正准备开饭，二叔二婶和晓雷夫妇都在，见到我二婶就先埋怨："你这个晓峰，每次来都搞突然袭击，家里也没准备什么菜。"

"那你还愣着，还不快去添几个。"二叔说。

"大哥难得来，去老街买几包熟食吧。"晓雷也对弟媳说。

桌上确实没几样菜，一碗青菜豆腐炖猪肉，一盆炒螺蛳，一小碟油氽花生，还有淋了酱油的切成月牙形的皮蛋。

"小东子呢？"落座我问。

"暑假去他外婆家玩几天。"晓雷说。

"二叔，你身体还好吧？"

"觉越睡越短，精力大不如前，不过也没什么病，就是机器老化了，你来看二叔，还带烟干什么？"

等弟媳买了熟食回来，二婶的热菜也端上来了，熟食都是荤的：红肠片、熏鱼、红烧猪手、糖醋小排、酱牛肉，热菜基本是炒素：油焖茄子、芹菜香干、青椒毛豆，还有千家万户都绕不过去的西红柿炒鸡蛋（算半荤）。饿了一天，食欲被诱发起来，小酒盅倒上廉价烧酒，三人干一杯，接下去就是无轨电车式的拉家常，从童年糗事扯到标本工作室。二叔喝倦了，先回房休息。趁二婶和弟媳收拾桌子，我把晓雷拖到门外，说想要那棵歪脖子枸骨树。晓雷说："那树去年彻底死了，本想抽空砍了做柴火，能被哥相上是它造化，我这就去砍。"

"不能砍，底部得平，得站得起来。"

"那我去东头找小黑。"

"找人家小黑干吗，找把锯子，我俩去锯。"

"锯平非得木匠不可，要不锯断八根锯条也搞不成。哥你就别管了，锯完给你送去。"

"我做标本，也经常把木料锯成木条木块。"

"锯树和锯木条还是不一样，这事你别管了。"

"既然你这样说，就劳烦你了。"

"兄弟说这话，见外。"

我朝他胳膊上拍了一下，探头跟室内打招呼："走了啊。"

二婶说："慢些走，有空常来。"

弟媳说："大哥常来啊。"

晓雷和我同行了一小段路，拐进一条小路，去找小黑。

我满脑子都是那只"凤凰"，既怕看到它，又无限憧憬。正因如此，出门时故意没关灯，就想知道第一眼看到的是什么（那是最准确的直观）。因为忐忑，到了标本工作室门口，还磨蹭了一会儿，再去掏钥匙。

把门推开，奇迹出现了，一只完美的凤凰出现在眼前，不是孔雀，不是红腹锦鸡，也不是棕尾虹雉，就是一只和传说中一模一样的凤凰，逼真得无须再为凤凰两字打上双引号。

走近它，拿起镊子，再次为它梳理，这时才发现拷机遗留在大长桌上，取起一看，是焦小蕻的讥讽：刚看见，你没同时捉到一条龙？

7月23日　星期六

今日大暑。一年中最热的节气从这一天开始。

昨晚写完日记，想到晓雷要来，就把凤凰搬进右侧房去了。我不希望它被不相干的人看见，一旦说漏嘴，无须多久，传言就会瘟疫般蔓延整个阴阳浦，标本工作室会被团团围住，除了看热闹的，还会有烧香磕头的朝圣者。记得前些年洗笔江畔有棵老椴树被雷劈成龙形，吸引了一波又一波善男信女，在树下搞各种烟雾缭绕的法事，附近住家不胜其扰，中间有不信神灵的，一把火将树烧成黑炭，才算结束闹剧。若知道东欧阳村出现一只凤凰，还不把标本工作室给挤破了。

上午八点刚过，晓雷和大黑推着板车，把那棵野枸骨树送来。很久没见大黑，还是那么黝黑粗壮，满脸憨厚。他跟我是阴阳浦小学同学，和他几乎一个模子刻出来的弟弟小黑低我们一届，和晓雷一个班。大黑兄弟从小跟着木匠父亲学手艺，初中没读完就辍学赚钱了。

“晓雷，你不是要找小黑么，怎么把大黑找来了?”我略觉诧异。

“昨晚小黑去玩麻将了，刚好大黑在，听说是你的事，就自己揽上了。”晓雷说。

“不好意思啊大黑，辛苦你了。”我伸出手。

“晓雷说你住这儿有些日子了，也不过来找老同学叙叙旧。”大黑粗粝的手掌充满力量。

“我是来这儿隐居的，你平时也忙。”

“说什么隐居，就是瞧不起我这个没出息的木匠同学。”

“哪有瞧不起，做木匠跟做标本半斤八两，都是手艺人。”

一边闲聊，一边将野枸骨树搬进屋，盆口粗的主干横切面锯得很平整，胡乱的枝杈被修剪掉，那根侧伸出来的歪脖子的尖部有点蛀了，我担心重心不稳，便说：“这样竖在地上估计会倒吧?”

“那干脆挖个坑埋一截进去。”晓雷提议。

我觉得可行，找了把小铲，选一处墙角，俯身去撬正方形小青砖，晓雷夺了小铲：“我来吧，你和大黑很久没见，聊一会儿。”

我没谦让，掏出烟，点燃一根放在晓雷嘴里：“撬的时候当心点，以后要复原的。”

“知道，放心吧。”晓雷将烟叼在嘴皮上，手里没停着。

我递了根烟给大黑，给他点着，自己也点了一根。一大团烟从大黑鼻腔喷出来：“刚才来的路上，才知道你住世阁家，这人也真是倒霉，是我们班第一个走的同学吧？”

“谁说不是呢，这么年轻就没了。”我说。

“人要是倒霉那是谁也拦不住，先是车祸撞残废了，然后又溺水死了。不过他的死有点蹊跷，上星期和沈穿杨喝酒，他说可能是一桩刑事案，警方要进行调查呢。”

“人都死了那么久，怎么变成刑事案了？”我弹了下烟蒂。

“说是世阁死的那天，有对新婚夫妇正巧在河对岸拍婚纱照，最近布置婚房，选了两张放大挂在墙上，其中一张背景里有个轮椅上的人，正被人推下河，但距离很远，看不清后面的凶手，就报了案。”

“沈穿杨是专案组成员？”我吸了口烟稳定下情绪，脑袋里像装了台失控的计算器，加减乘除完全紊乱，所有答案都如同鬼魅一样飘忽。

“立这样的案子有时也是过过场，人都烧了，现场也毁了，照片又看不清楚凶手，基本就是无头案。”大黑说。

“那为什么还要立案？”

“我也问了，沈穿杨说既然有人报了案，又是刑事案，不立说不过去，而且立案好像可以申请经费。”

“花了经费破不了案岂不没面子？”我努力让脑袋里的计

算器暂停。

“沈穿杨说不是每个案子都能破，破案本就有概率的。”

“这话他也跟我说过，还让别外传，自己倒是逢人就说。”

大黑看着我，欲言又止，犹疑须臾，按捺不住问道：“世阁是三代单传，一死家里就没什么人了，这房子谁借给你的？”

“从他老婆手里借的。”

“哦，差点忘了他娶了个城里老婆。”

“谁说这是无头案？我要是警察，首先怀疑的就是他老婆。”晓雷在一旁插话。

“这没证据的话可不能瞎说。”我脑袋里的计算器又开始胡乱换算。

“证据我是没有，可杀人总得有动机吧？人家姑娘还年轻，谁愿意一辈子伺候一个瘫子。”晓雷说。

“晓雷分析得有道理，而且婆家房产多，人一死，她是唯一继承人。”大黑附议。

“我和大黑都能想到这一层，警察会想不到？估计已经把她列入嫌疑对象了。”晓雷手没停着，已撬了七八块小青砖，挖了一个碗口般大的土坑。

“没凭没据的话还是少说，”我中断话题，“来，一起把树桩竖了。”

将野枸骨树插进筷子深的坑，回填泥土夯实，看似移植了一株硕大的盆景桩。

晓雷和大黑没多逗留，又抽了根烟，走了。我把门关上，给野枸骨树做了消毒防腐处理，取出一个打钻用的手工摇钻，吱扭吱扭，像拉二胡一样，在歪脖子上打出两个相距约十五厘米的孔，又用小刀在底部割出一道槽沟，从右侧房把凤凰拿出来，将脚下的铅丝从两块台板拔出，插入歪脖子双孔中，再将钻出底部的铅丝绞合在槽沟内，爪趾掰成紧抓枝干状。平日里，完成这些最后步骤是种惬意的享受，此刻脑袋里却奔跑着失控的计算器，干一会儿活，停下来抽根烟，继续干活，又停下来，再抽一根烟，袅绕的烟雾中，感觉有一只渔网在收拢，未知和已知的鱼虾水草正被提出水面，半透明的水帘从网格上一片片掉落。

关上门，去往老街，在岔路口心念一动，朝第一次遇见焦小蕻的垂钓处走去。无名河边还是那么静谧，阴桥阳桥如同彼此的剪影。对岸，拍婚纱照的恋侣不顾燠热，在树荫和花丛里搔首弄姿。按节气，真正的酷暑来临了，天气会越来越热，从一动就出汗到不动也出汗。不过这两天，气温还没有飙高到不堪忍受的地步。

河水迟缓地流淌，游鱼划出一条水线，鱼嘴吐出的泡泡迅即破碎，化作微漾，化作涟漪，化作一片水面，化作整条河流，直至化作江河湖海，仿佛一条鱼吐出了所有的汪洋。

收拢了视野，更近处的葱茏，跳跃在杂草上的碎银耀斑，出溜而过的田鼠，而焦小蕻的身影挥之不去，诡异的是，她确实出现了，从距我不远的一块树荫里走出来，看样子已来了一些时辰。一条素黑色连衣裙，树冠遗漏下来的光芒涂在手臂上，给肌肤罩了一层珍珠般的晕泽。她怀抱双臂，走到我跟前："你怎么在这儿?"

"我正准备去给你发信息，约你来看凤凰呢。"我看着她，似乎置身于某个不真实的时空，就差双足离地悬浮起来。

"真有凤凰? 在哪儿?"她问。

"就在标本工作室，你是上午过来的?"

"昨天下午就来了，世阁生日，住了一宿。"

"怎么没来我这儿坐坐?"

"生日也是忌日，不想见人，刚才倒想去找你的，见前窗和门都关着，怕你还在休息，就没敲门。"

"我平时都把前窗关着。"

"来他落水的地方站一会儿，待会儿就回市区了。"

"去看看凤凰吧。"

"哪来的凤凰啊，别骗我了。"

"去看了就知道了，记得别忘了你的承诺。"

"什么承诺?"她明知故问。

于是，我们折回东欧阳村，虽然我清楚那是一只堪称完美的凤凰，但作为神话中的鸟，每个人心中都有属于自己的凤凰，它来自不同的连环画、年画或其他图案，并不像真实动物有共同辨识度。所以，不能排除她会认为不像，不过，当我把门打开，就立刻打消了顾虑，虽然前窗紧闭，后窗斜进来的日光还是使室内有较为充足的光线，站在野枸骨树上的凤凰显得那么孤傲，焦小蕻用手捂住嘴，完全被震慑住了。

“天啊，真是凤凰！怎么捉到的?”她扭头看我，眼里全是迷茫。

“第二天我又上虎皮山了，功夫不负有心人，就遇上了。”我信口瞎诌。

“太不可思议了，”她抬起右手，轻轻抚过凤凰的羽翼，“难道世上真有凤凰?”

“都亲眼目睹了还怀疑，可见确认一个事实有多难。”我说。

她专注于凤凰，似乎没在听我说话。后窗外，一只老牛经过，牛背坐着一个赤脚男童。逆光中的洗笔江，弥漫在类似薄雾的阳光里。

收回目光，纠结是否要道出真相，一只真凤凰，和一只拼接的假凤凰，对她而言，前者须恪守一份契约（虽是以半开玩笑的方式），后者面对的则是一个善意谎言（可谓用心良苦）。我靠近她，左手将她纤细的右手捏住，眼梢的余光中，她仍注视着凤凰，既没抽离，也没迎合相牵，却自言自语道：“我觉得我们像是爱情的奸细。”

没等我吭声，她慢慢转过身，朝门外走去。

我捎带上门，跟着她来到那间有铝合金窗的屋子前。

公用自来水那边，谷姨正在淘米，印象中她永远霸占着水龙头，恰似那些在楚河汉界厮杀的老头永远霸占着树荫。

开门进去，穿过供放着欧阳世阁灵位的客堂，走入里屋，地面是菱形图案的淡黄色塑料地板，靠墙错落着大橱衣柜梳妆台，居中是铺着米色床单的六尺大床，叠成块的织锦缎被子上摞着两只枕头。对面矮柜上有台十八寸电视机，机顶天线扎着红丝带，墙上挂着大幅婚纱照。一间喜气洋洋的新房，虽地处郊外，并不比城里的婚房逊色。

婚纱照镶嵌在榆木色镂花镜框内，男左女右，一对沉浸在爱意里的新人，憧憬着美丽人生。

“拍得很好。”我说。

“婚纱照曝光过度，都不怎么像了。”

“还好，没失真。”

照片上另一个主角，我的小学同窗正笑吟吟看着前方，瞳孔深处，是很神秘的黑色。刚才看他，是含情脉脉的新郎，多看两眼，却就是一个将死之人。一个事实会颠覆另一个事实，这取决于内心的判断，因为他死了，所以生前的照片都失去鲜活，连笑容都显得鬼魅可怖，宛如遗像。

“你说，他愿意我们在一起么？”她说。

我用右手捏住她左手，她没抽离，也没迎合相牵。我把她搂过来，她依然没拒绝，也没顺势偎依在我身上。她以一种事不关己的姿态将现场的处置权交给了我，我将她抱起放在床上。她试图坐起来，却已推不开我的重量。她一直是那么文雅，我对她近乎是柏拉图式的爱慕，而不是肉体的征服。这对我这样一个有性经验的男人来说，是不寻常的。我记得苏紫的乳房，饱满得快从指尖滑出去。记得宋姐压抑的喘息，恳求我连续撞击不要停止。此刻，她的素黑色连衣裙被掀起一角，背后拉链松了，乳房半隐半现，露出绸缎般细滑的腰肢。当我触摸到她的小腹，久违的欲火腾地蹿起，之前的障碍不存在了，脑袋里的计算器也停止了胡乱演算。但是，一个声音分明在警告我，你不能在这张床上做这件事。

可我已剥开了女人的裙裾，我试图说服自己，我是爱她的，占有只是一种爱的形而下的确认。这张婚床是一块荒唐的试金石，用负罪感来考验我们的极限。我不能阻止身体停下来，除非放弃这场戴着诡异面具的爱情。

没省略每一个缠绵的细节，持久的亲吻几乎使我产生了她是苏紫的幻觉，含着她小小的乳头，在抚摸和肌肤的磕碰中，她的内裤被褪至膝盖，手指划过一丛蓬草，拢住她私处。弓起背，像猫匍匐在她身上，当预感到要合二为一时，她发起抖来。床的构架发出挤压声，房间一点点扩张，一声巨响传来，循声望去，那幅婚纱照掉在了塑料地板上：落下时，先砸在电视机上，磕飞了扎着红丝带的机顶天线。

我的小学同窗躺在地上，仰视着我们，深不可测的目光中充满了讥讽。床上几近全裸的男女慌忙用衣物遮住身体，脸上布满了恐惧。失魂落魄中我扭头看她，她宛如一个消瘦的死神，仅仅数分钟，刚才那个与我肌肤相亲的女人已变得无比憔悴，头发凌乱，眼眶深陷，嘴唇也失去了色泽。

她看我的神情同样惊愕：“你的脸色怎么这么可怕?”

原来在她眼里，我也与鬼魂仿佛。

在这个彼此心怀鬼胎的大暑，我终于按捺不住道：“警察在调查欧阳世阁死因呢。”

对这个消息，她并不吃惊，将连衣裙穿戴整齐，忽然冒出一句：“那天在瀑布后面，你差点把我当成苏紫了吧?”

我望着她，一句话都说不出来。

静默很久，她叹了口气，用无比幽怨的口吻说：“世阁瘫痪后，每天都在恳求我，说他没有勇气，让我帮帮他，让我一定帮帮他。”

7月24日　星期日

昨晚梦遗了，交媾的对象竟是宋妲。她身体变得没有瑕疵，桑葚般肥大的乳头还原成少女般的蓓蕾，小腹上的妊娠纹也消失了。可以这么说，我和一个长着宋妲面容，身体却是苏紫（或焦小蕻）的女人在做爱。回想起来，上次梦遗还是十多年前的青春期。昨天下午未遂的性事诱发了身体内部涌动的火山，毋庸置疑，猝然跌落的镜框砸碎了一场虚妄的爱情，我和焦小蕻之间再无可能——她先行回市区，我回标本工作室关了后窗，背着帆布包回到海虹小区居处——本该结伴坐同一辆车，但没有。

一个不容忽视的情节是，我对那只凤凰失去了兴趣，乜斜它一眼，连摸一下的念头都没有，锁好门离开。

大暑的闷热终于降临，脖子里渗出黏黏细汗，内裤上一摊干硬的精斑。起床站在窗前，拐弯的洗笔江一波未平。我有点恍惚，怎么会是宋姐？那天从东映小区搬来海虹小区，就想着再也不要见了，所以当她叫我时（也可能是幻听），故意装作没听见。我知道只要去找她，她还是会像过去那样，把身体毫无保留地向我打开，令我的欲望找到出口。

但我不想去找她，我们间的缠绵即使到达高潮也显得彬彬有礼，我需要一次彻底的撒野，我想去醉花池。

醉花池位于联草集码头不远处的醉花宾馆三楼，提起它的人都面露坏笑，有人故意将它篡音为“最花痴”。虽没去过，但知道这种场合白天不营业。泡了一碗方便面，边吃边胡乱翻看过期杂志。到了中午，气温越来越高，家里那只台式电风扇吹出的全是热风。决定去劲松电影院消磨掉焦躁的下午，那儿离醉花池不太远，看完影片可步行过去。

在劲松电影院旁的一家快餐店吃了盒饭，去售票处询问，最近一场在三点一刻，连片名也没看就买了票。

离播映还有近两个小时，在候映大厅小卖部买了饮料和报纸，歪在长椅上熬到入场。

电影院只在星期天有下午场，观众寥寥无几。银幕上放一部国产枪战片，情节胡说八道，演员演技也很拙劣，不过我意不在电影，黑暗中打起了盹，直到四周亮灯，检票员叫散场才醒来。

起身朝安全门走去，稀稀拉拉的观众在门口放慢脚步，一对半搂在一起的男女映入眼帘，男的是自然博物馆综合处的白子明，女的是卫淑红。看到是我，一下子弹开，脸上充满惊吓。

我愣了一下，把头一低，快速走开。

身后留下一条声音的尾巴："晓峰，请听我说，误会，真是误会。"

我没回头，行走在大街上，黄昏正将世界掩埋，联草集码头传来汽笛声，又有一艘客轮正准备靠岸或起航，是去往金堡岛或刚刚返回么？

醉花池，顾名思义，可以洗澡，我不是为沐浴而来，装腔作势先去浴池泡了一会儿，换上蓬松的淡蓝色浴袍，一个光头男人领我走进一间灯光幽冥的包房，刚在床沿坐下，环肥燕瘦十几个姑娘穿着统一的粉色睡裙一字排开，我扫了一眼，选中一个和焦小蕻有几分相像的姑娘，她迟疑着走过来，落选者渐次退出。

"跟这位哥哥商量个事，能不能换个人?"她坐在我旁边怯生生地说。

"为什么?"我搂住她肩，光滑微凉，像是刚洗过澡，喷了很淡的香水。

"不凑巧，今天身体不方便。"

"那你为什么还过来?"

“大姨妈下午刚来，没来得及跟经理请假，也没想到你会点我。”

“你叫什么？”

“这里的姐妹都用艺名，叫我艾米吧。”

“既然点了你，就不换了，今晚改名叫小蕻吧。”

“可我没法跟你圆房啊。”

她居然用了“圆房”这个古老又生僻的词，只有农村人才会这么说，城里人只说做爱。她大概只有十九岁，或二十岁，光洁的皮肤有一层柔光似的绒毛。手伸进她领口，她吸了下肩膀，睡裙褪至腰间，整个胸部袒露出来。精致而饱满的乳房让我想到焦小蕻，继而想到苏紫。虽然她们体形接近，但作为一个标本师，还是能甄别出细微的差别。对肉身的职业性熟稔有时会对性欲产生消解，有时又会更强烈地诱发激情。相比宋姐哺乳过的旧乳房，她的乳房看起来是那么新，但当我将娇嫩的乳头含在嘴里，想到曾被很多男人这样含着，便将它吐了出来。

“既然哥哥喜欢，就叫我小蕻吧。”她拉开我腰间的浴袍带子。

她读出的 hong 音最有可能是“红”，也可能是“洪”，但在与我共处的短暂时光里，她是“蕻”。

“小蕻，你身体很漂亮，干这行多久了？”

“再过几天就满三个月，哥哥你过去常来吧？”

“第一次来。”

“骗人，一看哥哥就是常客。”

“何以见得呢?”

“第一次会有点不自在，哥哥可一点也不忸怩。”

她这样一说，我面庞发烧，不由自主并拢腿。她凑近我，握住我阳具，挑逗的笑覆盖了她残存的淳朴：“相信哥哥是第一次，你脸红了。”

“喜欢这份工作么?”我的手指顺着她的腰肢滑向股沟。

“一开始不喜欢，后来听这里的姐妹说，人的本性不就是金钱和肉体么，这里全有了。”

“可人不是还有感情么?”

“哥哥真会说笑，相信感情的人不会到这儿来的，除非是伪君子。”

“我就是你说的伪君子。”

她咯咯咯笑起来，贴着我耳朵说：“你有反应了，我姐姐也在这儿，要不我去叫她来，我们一起陪你?”

“亲姐姐?”

“嗯，亲姐姐，比我长得好看呢。”

“刚才那一排里有她么?”

“刚才她在门外，如果你都不满意就会换一批，你点了我，门外的姐妹就不用进来了。”

小肉柱在她掌中茁壮成长，我接纳了她的建议：“那你去叫她来，告诉她今晚叫小紫。”

“这位哥哥有意思，又是小红又是小紫，红得发紫。”她套上睡裙跑出去，果然和我猜测的一样，她心里的hong是“红”。

很快带了一个姑娘进来，两人果然有几分相像。

“哥哥你好，我是小紫。”新来的姑娘坐在我右侧，“小蕻”则在左侧偎着我。

“真是亲姐妹么？”我左右看看，像在对比两件器皿。

“一个小紫，一个小红，一听就是亲姐妹呀。”“小蕻”搂住我脖子。

“小紫”脱去睡裙，乳房因双肘的提起而呈梨形，我原始的欲望竖起了旗杆。一对外貌符合我审美的姐妹，我的临时情人，两具裸露的女体令意志像水中的石灰块一样分崩离析。

我轻声叫她们：“小紫，小蕻。”

她们用鼻息嗯了一声，我躺下来，闭着眼，试图想象她们是苏紫和焦小蕻。一只纤细的手为我戴上避孕套，“小紫”坐在我身上，阳具被一团湿润吞噬了。我睁开眼，“小紫”平坦的小腹随着胯部升降，乳房看上去是那么新。

“小蕻”抚摸着我的头发：“哥哥你下次来，我和你圆房呀。”

离开醉花池，从联草集码头走过，来自洗笔江的悠扬夜风吹散了高温，一个迷惘盘踞在我脑中，为什么宁愿买春泻火，也不愿去找宋姐。眼下看起来解决了性欲，相比内心的沮丧，性不过是一张隔靴搔痒的脏糖纸。

而此刻，有个人应该比我更沮丧，那就是卫淑红。事实上，我根本没兴趣去向父亲告密，可她不会这么想，她将在等待知道了真相后的丈夫发出怒吼的煎熬中主动摊牌。所以，无论我说还是不说，他们之间都完了。

7月25日　星期一

在东欧阳村建标本工作室很大程度是为了接近焦小蕻，眼下已没有意义。一场虚妄的爱情，连同自尊心丧失得干干净净。我没资格再在这儿待下去，趁早打铺盖滚蛋。

如何善后得认真想一想，再次搬离当然没问题，无非是另行租房再折腾一次。

中午骑自行车回东欧阳村，酷暑时节，近郊专线的车厢内闷得像罐头，开到阴阳浦估计得中暑。骑车虽也热，至少在某些路段可避开毒日，躲进树冠或围墙的阴凉，经过田野，总会有一些过境的风吹进领口。

到了标本工作室，开门进去，也是热得待不住。将自行车放进屋，栖息在歪脖子上的凤凰收拢了羽翼，还是那副俾倪天下的傲慢姿态。从墙上取了鱼竿，换了新的鱼线，拿着小桶、折叠凳和小铲，去了无名河边。好久没垂钓了，在等待鱼儿上钩的空隙，用草茎编织花篮，手指熟练穿梭，儿时学会的小把戏镌刻在记忆深处，手势只是机械动作——其实已打算去金堡岛住一段时间，也许两三个月，也许一年半载——挖了条蚯蚓，撕了半截勾在鱼钩上。直觉告诉我，今天会钓到上次那条脱钩的大水蛇，它或许已在河里生活了十年，是这片水域的霸主。此刻，它正在水草下游弋，或许刚吞下一只鲜美的河虾，它不知死期将至，这就是世间的绝望之处。

于是就在等待它的出现，看起来很荒诞，联想起大学话剧社曾排过的贝克特名剧《等待戈多》。

树荫随着光照移动，类似日晷。看着对岸，回想和焦小蕻的交往过程，我们都尽了力，试图遗忘掉各自的昨天（甚至用了极端的方式），最终还是被残忍的回忆击败了。我觉得自己是一个病了好久的相思患者，通过一次买春治愈了顽疾。我好像真的不想焦小蕻了，就像急性感冒发作之后，爱情消失了。

羁居金堡岛的想法，虽未跟羊一丹说，却知她是求之不得。制作标本之余，可以带王小蛇爬虎皮山，去寻觅真正的凤凰。可以和渔民们混熟，跟着出海见识龙的威风。情感的那一块补丁，虽难织补如初，也要避免溃如烂絮。不妨追一追小楚，她笑起来那么好看，看我的眼神羞涩躲闪，充满爱慕，虽是一个土气的姑娘，在一起未尝不快乐。

鱼钩一沉，手腕也跟着一沉，它真的来了，不是戈多，正是那条暗黄色的大水蛇，尾巴甩出扇形波纹。我立刻起身，与它斗智斗勇，一直遛到接近阴桥，忽然产生了怜悯之情。它活了那么久，却在家门口的闲情漫游中成为猎物，无论是成为盘中餐还是被制作成标本，都是一场猝不及防的悲剧。

想到此，便不再跟它迂回，猛地止步，任由新鱼线再度绷断，看着它游走。

折回刚才的垂钓处，拿了小桶等物，返回标本工作室的半道上，沈穿杨迎面而来，他脸色酡红，一看就是结束酒局没多久。他穿着便衣，老远冲我打招呼："老同学，正找你呢。"后面跟着两个穿制服的警察，也是微醺的样子。

"警察大人找我，没好事啊。"迎上去和他握手。

"听大黑说你搬来一段时间了。"

"找我干什么？"

"其实也不是找你，找你房东，那个叫焦小蕻的。"他从裤兜里掏出一包烟。

"她平时在市区娘家，不住这儿。"

"上午去过她娘家了，不在。"他递烟给我和两名同事，自己也叼了一支，划燃火柴分别点上。

"哦，办案还喝酒啊。"我吸了一口，吐出一只白圈。

"兄弟们难得来乡下，得尽地主之谊，中午在老街上喝了一些。对了，忘记给你们介绍了，"他扭头对两名警察说，"这是我小学同学，名牌大学高才生，一表人才吧？"

又对我说："这是小马小龚，刑警队技侦科的兄弟，去年那个粮库杀人事件，破案就是他俩立的头功。"

"听说过粮库的案子，原来是你俩破的，厉害。"我朝两名警察一抱拳。

“我俩只是打前站的，功劳不能全算给我们。”马警察说。

“你要是遇到焦小蕻，给我发个信息。”沈穿杨说。

“你们找她干什么？”我明知故问。

“问她那天欧阳世阁溺水的情况，你应该有我拷机号码。”

“嗯，有的，上次吃喜酒我们交换过。”我和他们握手道别，往东欧阳村走去。

走出去一小段路，回首望去，沈穿杨一行已缩成三个小黑点，我便转身去老街公用电话站，给焦小蕻发了一条信息：警察在找你，下午三点我在米开朗基罗等你。

蹬着自行车，顶烈日重返市区。在米开朗基罗咖啡馆门口锁了车，窄门虚掩着，肖邦的《降E大调夜曲》流淌到户外，推门而入，落地窗户敞开着，虽然无风，天井里的植物还是渲染出一丝虚假的凉爽。那只鸽子大的鹦鹉，右爪被细链系在悬枝上，好像在打盹。室内没有客人，倪姐坐在单人沙发上，穿了件素灰色真丝旗袍，短袖短摆的改良款式，见我进来，她招呼道：“是你呀，老样子，一杯清咖？”

我点头说：“好啊。”在单人沙发上坐下来。

约莫五分钟，一杯药汤色的咖啡放在跟前的矮几上。

“你的漂亮女朋友呢？”她问道。

“她不是我女朋友。”我去看那只鹦鹉，发现它的大嘴巴被皮筋缠住了。

“为什么封住它的嘴?”我问道。

“那天老太婆跳楼后，它一开口就是‘少爷，我来找你啦’，别的话都不会说了。”

“听着瘆得慌。”我说。

“可不是么，不过老太婆临死来这么一句，也挺让人动容的。”

“她和她的少爷之间肯定有一段故事。”

“一个孤老太的陈年烂谷子往事，又去说与谁听。”

“她的死是什么结论?”

“能有什么结论，自杀呗。”

“老郝今天没在?”我抿了一口咖啡，微苦从舌尖滑进喉咙。

“他去买颜料了。”

我哦了一声，抬腕看表，距离三点还有十分钟。咖啡的苦味让我冷静下来，暗自琢磨向焦小蕻通风报信是出于什么心理，又有什么意义。看着天井里的植株，我发现记不清她的面目了，既期待她出现，又担心她从门外走进来。

“你有心事。”倪姐看着我，脸上忽然布满了皱纹，仿佛她就是那个老太。我浑身汗毛竖起，虽是热气腾腾的下午，世界一下子黑了下来，一种强烈的预感，死神要来了。

结账离开咖啡馆，骑上自行车，发现一点力气也没了，每蹬一下都要栽倒似的。正在往黄昏迁徙的下午愈发酷热，头颈和腋窝滋出一层层汗水，直到汗腺枯竭，分泌不出一滴液体。

木偶般踩着脚踏板，经过路边的小卖部都忘了买一瓶水喝。回到东欧阳村时，已近黄昏六点，天幕已呈浅灰，宛如无边无际的土布，惨白的月亮是一块圆形补丁，一只黑鸟扑棱棱从屋顶掠过，是乌鸦，不是喜鹊。

标本工作室的灯开着，门底漏出一线灯光，一股沁人心脾的异香从罅隙渗透出来。钥匙塞进锁孔，推开门，焦小蕻穿着红色连衣裙坐在那只轮椅上，神态安详，宛如在照相馆拍一张以凤凰为背景的照片。

黑色标本制作箱被打开了，她的脚边，是那只小玻璃瓶，被拧开了瓶盖。

我还是晚来了一步。

7月26日　星期二

我完全无法接受昨天开门看到的那一幕，用脚后跟抵上门，一种濒临窒息的脱力感，半蹲半跪在轮椅前，哽咽着叫焦小蕻，叫小蕻，叫蕻，她都不回答，将她左手握住，掌心似乎还有体温，触碰她手臂，捧起她脸颊，她嘴角挂着一抹微笑，根本不像一个死去的人。

泪水夺眶而出，虽然相识仅四个月，却像把失联了多年的旧爱找了回来——不是苏紫，而是吾之所爱。

终于，理智将我拽回现实之中，如何处置她的遗体，这是要马上做出的决定，我可以给沈穿杨发一条信息，将她（不忍心用“它”）交给警方。虽然免不了接受调查，但尸检得出的死亡时间将证明我不在现场（倪姐也可以作为证人）。当然，她死在此处，致死物也来自我的标本制作箱，要完全脱离干系，必颇费周折，吃冤枉官司的可能性也是存在的。

我立刻排除了这个方案，不仅仅是因为害怕成为一个罪犯，更重要的原因是，我想保留这具遗体，这不是普通的遗体，而是吞食了仿古防腐剂后形成的特殊标本，如果敬师傅的试验属实，那么她将跟那只裸白鼠一样在空气中长期保持原状，我想把她留在身边见证这个奇迹。

大暑节气，高温蒸腾，正常情况下，遗体两三个小时会出现暗紫色尸斑，先是小范围呈云雾状，继而扩大成片，再继而凋萎腐坏。我密切观察她皮肤的变化，小臂似乎出现了一块红斑，兀自一惊，定神去看，方知是错觉。

到了下半夜，支撑不住寐去，被拷机叫醒已是天光已亮，才发现席地靠着轮椅迷糊了半宿。

是羊一丹发来的信息：凤凰涅槃了没有？

我苦笑了一下，将拷机别在腰间。

此刻，即便以我赶到时焦小蕻刚服毒不久计算，距离死亡也至少过去了12小时，她的皮肤并无丝毫变化，显然，这违背生物学常识，唯一可解释的是，四肢裸露在外，受重力压迫较小，通常尸斑出现的位置和姿势有关——停止循环的血液造成皮下淤积——她坐在轮椅上，后背、臀部和大腿后侧是着力点，尸斑可能首先出现在这些部位。

决定脱去她连衣裙的那一刻，我涌起了羞耻之心，虽然见过她裸体，虽然她已是无生命体征的“假壳”，但我仍觉得像一个偷窥症患者，在进行一次未经允许的冒犯。

暗香源源不断地从她的每个毛孔散发出来，她的关节并不僵硬，为避免举止沦为色情，脱去连衣裙后，没继续脱她的胸罩和内裤，尽管如此，我依然满脸愧怍，不敢去看她微闭的双眼——在我的潜意识里，她未曾死去——一手托着颈项，一手托着腿弯，抱起，让她侧卧在大长桌上。

袒露在我眼前的女人背部光洁无瑕，用手指勾开月白色的丝质内裤，匆忙一瞥放开，内裤回弹到饱满的屁股上，虽只看到上半臀，却确认了一个事实，在服用了仿古防腐剂后，她的身体状态定格在了某个瞬间，我不知道这种现象能维系多久，但我知道，她的肌肉和血液肯定发生了巨大变化。

她背对着我，仿佛还在呼吸，可我叫焦小蕻，叫小蕻，叫蕻，她都不回答。

她真的死了，即便栩栩如生，也只是一具栩栩如生的标本而已。

市自然博物馆辟有人体标本专区，除了几件珍贵的古代干尸，就是那些从医院转来的捐赠遗体，无论是正常成人体、畸形成人体、正常婴儿胚胎、畸形儿，还是被解剖下来的局部组织或脏器——脑室结构、头颈矢状断面、口鼻骸骨、表情肌、手部腱滑液鞘、脊椎骨骼、髌骨、女性生殖器、处女膜、男性生殖器、肝脏、脾脏、双肺、人左腿、人右腿——均被置于类似鱼缸的大小玻璃容器里，用福尔马林浸泡。

人体标本之所以不能像鸟兽标本长期摆放在空气中，最大的难点就在于皮肤，也就是敬师傅所说的人是无毛猿，没有厚密的毛羽鳞甲遮蔽，很快就会干硬发黑，失去美感的同时，也渐渐失去研究价值。

我工作后不久，参与过一次成人体标本制作，展览部需要一具全肌标本，就是展示全身肌肉的标本。尸体来自一次医疗事故，小病治成了大病，最终回天乏术。死者是四十岁刚出头的男性外科医生，除了有些肚腩，线条粗犷，臂肌和腿肌雄武有力，若不是遭遇意外，起码能活到八十岁。

敬师傅亲自主持了标本制作，在他漫长的职业生涯中，得到条件这么好的男性成人供体的机会并不多——中国人传统观念崇尚身体发肤来自父母，害怕死无全尸，对遗体捐赠并不热衷——我和两位师兄当下手，其余徒弟旁观学艺。

遗体在冰柜里保存得很好，出于对死者的尊重，敬师傅携众向遗体鞠了三个躬。根据他的示意，我和师兄将死者翻至面部朝下。现场有点压抑，虽都经手过无数鸟兽尸体，但面对解剖同类，不免神情戚戚。

为调节气氛，敬师傅用戏谑的语气讲起了古代剥皮术：

“大家听说过古代十大酷刑吧？除了凌迟，恐怕就数剥皮厉害了。可不像我现在处理尸体，而是大剥活人，据说朱元璋魏忠贤张献忠都喜欢干这事，先在后颈横一刀，然后顺着脊梁一刀到底，受刑人嗷嗷乱叫，皮肤从背部往两边撕开，手臂就像长出了蝙蝠翅膀，一般当场就死过去了。张献忠还嫌不过瘾，又增加一条，凡被剥皮者必须得熬过一整天才能咽气，否则行刑人也得被处死，这样，剥人皮就成了一门手艺，必须得掌握火候，你们要是当行刑人，估计都小命难保。”

嘴里说着，手上没停，锋利的解剖刀顺着脊梁中线，笔直切开，血沿着刃口渗出，用刀尖将皮肤和肌肉挑开，慢慢往两边拉。

我用纱布去擦血，一位师兄在边上说：“师傅，您的手法和行刑人差不多啊。”

“从背部剥皮最完整，这点古人是对的。听我接着往下说，张献忠后来又发明了一种剥皮法，把人埋在沙子里，只露脑袋，头顶用刀划个十字，往伤口里灌水银，水银一下子就把皮肉撕开了，受刑人痛得扭成了麻花，最后就像知了脱壳一样，血淋淋的身体爬了出来，褪下的整张人皮就留在了沙子里。”

“太血腥了，多大的仇啊。”另一位师兄倒吸了一口冷气。

“这个是野史，姑妄听之，不过像朱元璋张献忠这样的农民造反派，还有像魏忠贤这样的太监，一旦得势，心理都很扭曲，干出活剥人皮这样的事也不奇怪。”

等掀开一些皮肤，敬师傅让我继续，这是我第一次（也是目前唯一一次）揭人皮，说实话，我并不情愿，我引以为傲的专业精神第一次瓦解于伦理，可众目睽睽之下，我别无选择。荒诞的是，师兄们肯定又在嘀咕师傅偏心。

强忍住罪恶感引起的不适，开始这次特殊的体验。时至今日，手指仍有清晰的记忆，人体皮肤比想象中好剥，让我联想到鲆鲽无鳞的那一面——鲆与鲽是两种比目鱼，左侧长眼叫鲆，右侧长眼叫鲽，讹传贴在一起才能游动，如同鸳鸯，左鲆右鲽就成了爱情的象征——看似严丝合缝，其实只需撕开边缘，就能一下子揭开。

两个小时后，人皮被完整剥离，肚腩的脂肪被剔除后，腹肌清晰地呈现出来。全肌标本完成后，被放入定制的两米多高的圆柱体玻璃容器中，所有内脏也被做成浸制标本，连同那张人皮，分别被装入玻璃容器，为防止福尔马林挥发，用石蜡封死了瓶塞，如同祭了符咒。

坐在轮椅上，凝望着睡美人般的焦小蕻，好奇心像蜈蚣在血管里爬，仿古防腐剂在她身体里究竟发生了什么？探究的欲望越来越强烈，而内心抵制的力量也在层层叠积。事实上，我已经把解剖刀从标本制作箱里取了出来，甚至将刃口搁在了她的右后腰。然而每当我试图用力时，就怯懦地退缩了，怕她突然坐起来说："啊呀，你弄疼我了。"

只得再点一支烟，说服自己她已经死了，当再次踩灭一截烟头，终于下定了决心。

之所以选择右后腰，基于两个考虑，一来，伤口较隐蔽，缝合后不会明显破坏外观，二来，若要长久保留遗体，有必要摘取肠胃，虽然还不清楚没出现尸斑的原理，但作为消化系统中枢，腐败物质滞留在回盲部，大量细菌繁殖后产生的硫化氢与血蛋白溶合成硫化铁，右下腹会首先出现尸绿，转而污染全身。已不知下落的长生仙姑遗体也是这么处理的。

为避免被血弄脏，还是脱去了她的胸罩、内裤。完全裸露的女人体，蓓蕾般的乳头，蓬松的私处，我努力视而不见，将备用纱布和棉花放在一旁，以便及时擦去血污。当刀锋切入皮肤，感到自己是一个以解剖的名义在实施杀人的外科医生。

虽然知道她体内发生了变化，划开的皮肉依然让我惊愕，刀刃两侧有淡红色的印痕，却无血液流出，正如敬师傅那次将响尾蛇毒液混入河麂血的试验，血液成了果冻状，而脂肪、肌肉和神经也塑化了似的。

忽然，她的左臂从桌沿耷拉下去，怕她醒来指责我的残忍，我加快了手里的速度，摘取肠胃后，用棉花填补了原来的空间，以免腹腔空塌，缝合好伤口，给她穿戴整理，搬回到轮椅上。

给鱼竿又换了鱼线，将肠胃用旧报纸裹了几层，放入小桶，最上面摆了小铲和军用水壶，装作要去垂钓的样子——作为万一撞见谷姨的障眼法——出了东欧阳村，沿着土路走到那条无名河边。

隐入一旁的树林，飞虫围着脑袋乱飞，找到几棵梧桐，挑了其中最小的那棵，用小铲在靠近树根的地方挖一个泥坑，拍死了好几只叮在手臂上的飞虫，胡思乱想却比耳边的飞虫还要纷乱，悬而未决的疑团仿佛解开了，我曾迷惑敬师傅试验裸白鼠时，为什么用喂食而不是涂抹，说明仿制时他已明白那种古代防腐剂是口服而不是外涂。这样一来，长生仙姑未入棺下葬可以解释为，她是被故意毒死的，由此可推论，不能入土为安对她是一种惩罚。

小心翼翼地将肠胃放入泥坑，我觉得埋在树下的不是内脏，而是焦小蕤的灵魂。随着她灵魂的感召与滋养，这棵小梧桐将长得无比高大，成为河边的树王，凤凰将从虎皮山飞来，越过大海，停栖在它的树冠上。

7月28日　星期四

与焦小蕤朝夕厮守第四天，对她父母来说，女儿已人间蒸发近一百小时，他们肯定在发疯一样找她，给她的拷机发了无数信息，说不定已报了案。每次收到信息，我都有回复的冲动，我可以骗他们说“爸爸妈妈，我去外地玩几天，回来给你们带土特产”，这样拷机可能就会消停一两天。可我没这么做，任由它聒噪。

危险在慢慢逼近，每一分钟都是倒计时，此刻，如果沈穿杨带着他的同事破门而入，我一点也不会吃惊。

再次收到羊一丹短信：新订单品种定下来了，王小蛇明天回城里。

才发现忘了回复她之前那条，去老街公用电话站，先给焦小蕻父母回了一条信息：爸爸妈妈，我对不起世阁，也对不起你们，不要再找我了，来生再见。

然后给羊一丹回复道：羊姨好，刚好要找您，稍后给您打个电话。

现在，我在等待黑夜的降临，等待整个东欧阳村整个阴阳浦整个城市陷入沉睡。

我将背着帆布包，在空旷的夜色中推着轮椅，走出东欧阳村，走出阴桥，走呀走，一直走到联草集码头……

日记到此戛然而止，我头皮有点发麻，点了支烟，想到了自己的爱情。

妻子是我大学同学，本是版画系的，大二转到我所在的油画系。一跨进我们班门槛，所有目光都被吸引过去了，当然，男生女生眼里的内容是不同的，前者是倾慕，后者是嫉羡。时至今日，我还清晰地记得她嘴角上扬的微笑，和黑缎子般的齐腰长发，那一瞬间，我对她一见钟情。

于是，我发起了追求攻势。

“嗨，倪瑗瑗，周末学校舞厅开放，一起去跳舞吧？”

“好的呀，”她爽快地应允，“不过我已答应了郝晓凌跳第一支舞。”

“这样啊，那我跳第二支吧。”我不免有些失落。

这样，我和好朋友郝晓凌就成了情敌，他是系里公认的才子，刚在校属美术馆办过小型个展。才子多半还是泡妞高手，和他竞争我知道没什么胜算，果然在不久后的一个雨天，经过图书馆门口时，与他们不期相遇，倪瑗瑗躲在他雨伞下，亲昵的举止表明已是一对恋人了。

几天后踢足球，我故意将郝晓凌撞倒了，看见他在操场上呻吟打滚，我连扶也没扶一下。郝晓凌并未找我理论，只用半边脸冲我笑了笑，我们的情谊就一笔勾销了。在这件事上，郝晓凌至少得到了爱情，我却一失双份。

毕业前夕，突然传来郝晓凌杀人的消息，死者是人体写真课的一名女模，被一根吉他琴弦勒死，警方调查表明，三个疑点不能排除郝晓凌行凶的可能性：一、郝晓凌那把挂在墙上的吉他少了根弦，二、他不能证明出事时不在现场，也没证人能证明他身在别处，三、死者曾和他好过一段时间，得知他与倪瑗瑗恋爱后，情绪失控，那天包括我在内的很多同学都看到她将一本空白素描册像白菜一样扔在他脸上。

郝晓凌被判死缓，判决书比大学毕业证书早发放了十二天。

时间证明这是冤案，郝晓凌被释放时，我已是油雕院油画室副主任，倪瑗瑗毕业后留校任教，我终于把她追到了手，春天结婚，冬天有了女儿婕婕。

之所以能翻案昭雪，是因为真凶在连续作案多年后，终于失手落网。罪犯是郝晓凌室友，垂涎那名女模已久，酝酿了周密计划，并天衣无缝加以实施。在日后的岁月里，他奸杀了六名女性，成为城里年轻姑娘们夜行时的一个梦魇。

郝晓凌在监狱里得了严重的风湿病，释放后起诉警方，一年半后获得了司法赔偿，户籍转回街道后，给他安排了一个单位，他没去报到，利用自家沿街门面开了间小咖啡馆。这期间，倪瑗瑗提出与我分手，唯一的理由是，她仍爱着郝晓凌。看着我吃惊的样子，她强调说："这么做，绝非出于怜悯。"

我承认我们的婚姻出了点问题，想当初追她，花前月下营造温馨，女人是感性动物，尤其是倪瑗瑗这样的文艺女青年，喜欢耽于不切实际的幻想，组建家庭后她觉得我不如之前体贴了，特别是有了女儿后，情感的重心向孩子倾斜，往返于家和单位，生活变得寡淡庸常。可对我来说，恋爱和结婚本就不同，前者浪漫，后者则是将浪漫渐渐毁掉。她觉得日子了无生趣，牢骚越来越多，我也开始觉得她面目可憎。

但我试图挽回这段婚姻，恳求她看在女儿份上放弃这个念头。她动摇了几天，对我说："想清楚了，给我自由吧。"

为表示决心，她放弃了婕婕的抚养权和对财产的主张，自尊心让我成全了她，心里却充满了怨恨，一个对女儿都不眷恋的女人，根本不值得珍惜。我唯一能报复的就是在离婚协议上将探视权限定在三个月一次，每次她来接，我都让婕婕自己出门，晚上她送回女儿，也是婕婕自己进门。我在心里发誓，此生再不与她相见。

合上蓝皮日记本，叼着烟来到甲板，苍茫水雾遮蔽了大海，有一种不知身在何处，永远航行不到尽头的感觉。在甲板偏僻处，发现一块被海水磨得圆润的石头，将它捡起，连同日记本一起塞进帆布包，挥起胳膊，海水瞬间吞噬了标本师的故事。

鼻子忽然一酸，无论我们如何怀疑，世间总有一些飞蛾扑火的爱情。

胜利号在联草集码头靠岸，下船我去了米开朗基罗咖啡馆。作为一个经过的路人，我没推开那扇窄门，缓步走过，身穿旗袍的倪瑗瑗坐在单人沙发上摇着团扇，郝晓凌手执油画笔站在画架前，多年不见，他的腰杆不再挺直，从一名花心帅哥蜕变成了憔悴艺术家。天花板上的吊扇在转，那只站在悬枝上的鹦鹉，张着乌鸦般的大嘴巴，仿佛在叫：少爷，我来找你啦。

2013 年 8 月 17 日起笔于北京西路办公室

2015 年 6 月 16 日凌晨三稿于苏州河畔寓中

2015 年 12 月 19 日下午再改于寓中